新潮文庫

最後の喫煙者

自選ドタバタ傑作集　1

筒井康隆著

新潮社版

7028

目次

センス以前への飛翔　大岡玲

最後の喫煙者

自選ドタバタ傑作集 1

急流

その異変がいつから起りはじめたのか誰にもわからない。ちょっと考えれば、時間の経《た》つのが徐徐に早くなりはじめたことに気がついてから、その早まり行く時間の加速度を計算すれば、過去に遡《さかのぼ》って何月何日何時からとはっきり逆算できた筈《はず》のようにも思えるのだが、あいにく計算に必要なすべての時計までが狂ってしまい、いや、狂ったのではなく早まり行く時間に義理立てして同じように早くまわりはじめたものだから、もう何もかも滅茶苦茶《めちゃくちゃ》になってしまったのである。不可解なことではあるが時間を左右しようとして人間が作ったその時計なるもの及び時計を応用したあらゆる機械が人間に反逆し時間に味方したとしか思えぬ現象だった。

おれが時間の加速度現象による最初の被害を受けたのは課長から遅刻を咎《とが》められた時だ。課長自身そんなに毎朝早く出社する方ではない。この日たまたま定刻に出社できたものだからこれさいわいと遅刻する者に眼を光らせていたのだろう。しかしおれだって普段同様の時間に余裕をたっぷりとって家を出たのだ。咎められてはじめて五分遅刻していることに気がついたくらいである。それ以前に予兆があったかどうか、思い出すことができない。

それ以後、たびたび遅刻をした。おれだけではない。課長も含め皆が遅刻しはじめた。五分、十分の遅刻が二十分、三十分の遅刻は常態というありさまになり、ただごとではなくなってきた。得意先と約束した時間をとうに過ぎていることに気づいてぎゃっと叫ぶことも多くなった。どうやら時間の経つのが以前より早くなっているらしいと皆が気づきはじめた。そんな馬鹿《ばか》なこと、あるわけがないと思うものだから誰も口には出さなかったが、皆が感覚的にそれを悟り意識しはじめたことは間違いなかった。というのはほんの一時期、遅刻者が減ったからだ。おれも以前より三十分ほど家を出る時間を早めることによって遅刻を避けた。しかしそれぐらいではなんの役にも立たないぐらい時間の加速度はどんどん大きくなっていった。それは一日の定められた量の仕事がまるではかどらぬことによって知ることができた。

「なんだ。一日かかってたったこれだけしかできなかったのか。それに君は最近、得意先へも顔を出しとらんだろ。いったいどうなっておるのだ」

課長から叱《しか》られた日、おれは憂《う》さ晴らしに同僚の杉下を誘って会社の近くのビルにある屋上ビヤホールへ出かけた。

大ジョッキを半分もあけないうちに早くも暗くなってしまった空を見渡してから、おれはテーブルの上へ身をのり出し、ひそひそ声で言った。「おい。最近時間の経つのがやけに早くなったという気がしないか」

杉下はぎょっとしたようにおれを見つめ、周囲を見まわし、なんのつもりかテーブルの下まで覗《のぞ》いてから音を立ててジョッキを置き、おれの方へ身をのり出し、ひそひそ声で言った。「そうなんだ。お前もそう思うか。おれは最初、歳《とし》のせいかと思っていたんだ。歳をとると時間が早くなるって言うからな。だがどうも気のせいではなく純粋に物理的なものらしい。おれ、まだ三十歳にもなっていないものな。最初は仕事が早く終っていいなどと呑気《のんき》なことを考えていたが、寝る時間まで短くなってはたまらん。見ろ。もう八時だぜ」

杉下の腕時計を見ておれはびっくりした。「そんな馬鹿なことが。ぎゃっ。おれの時計もだ。大ジョッキ一杯飲むのになぜ二時間もかかった」

「知るもんか」腹立たしげに杉下は言った。「それにしてもこういう現象はあちこちですでに噂《うわさ》になっている筈だし、騒ぎにもなっている筈だ。なのに新聞はなぜ沈黙している」

「それだがね」おれはさらに声をひそめた。「誰も何もいわないのは、こういうことがあり得ないからではないかと思う。そんなことを口に出したら非科学的だというので馬鹿にされるし、新聞なら叩《たた》かれ兼ねない。いいか。天体の運行が早まっただけなら時計との間に矛盾が起る筈だ。ところが時計まで時を同じゅうして早くまわっている。ぜんまい時計も電気時計もだ。これは想像だが、きっと水晶時計や原子時計だって同じことだぜ」

「たしかにそういうことはあり得ない。科学的にも起り得ないことだ。SFにだってあり得ない」杉下の声は次第に大きくなった。「しかしこれは事実起っているんだ。起っていることは起ったものとしてちゃんと新聞に書いてくれないと困る。誰もが時間はもと通りの早さで進行しているというような顔をしているが、それは建前だ。建前と事実が違っていると今にえらいことが起るよ。きっと起る。起ります。断言してもいい」

「あのう」横にウエイターが立っていた。

おれたちは顔色を変えて立ちあがった。誰もが知っていて誰もが口にしないことを大声で喋《しゃべ》るというのは社会的良識の破壊行為である。

「すまなかった。聞き流してくれ」杉下が悲鳴のような声を出した。

「あの、こいつ、酔っぱらってるんです」と、おれも横から言った。

「いえあの。そうじゃなく」ウエイターが周囲を見まわした。「もうとっくに閉店したんですが」

おれたちの他に客はひとりもいなかった。

杉下の断言したことが本当に起りはじめた。おれたち以上に厳しく時間的拘束を受ける職業というものがあり、それは例えば時刻表によって乗物を運転しなければならぬ電車や乗合バスや定期連絡船や航空機の乗務員、タイマーと連動して作動する機械の作業員、その他定期的な情報伝達を義務づけられたアナウンサーや新聞記者などである。

時刻表通りの運行を至上命令と心得る乗務員がやたらとぶっとばしはじめ、危険極まりない状態になってきた。電車がプラットホームに入ってきてからベンチを立ってもう遅い。ドアが開いている間に車内へとびこもうとして駈《か》け出したりすれば、発車したあとの線路上へころげ落ちることになる。乗合バスにしても停留所に停《と》まるが早いか発車するので、降りようという客は気をつけていなければならない。乗ろうとする者と降りようとする者が入口でつかみあっている間に発車したりする。降り損ったり乗り損ったりして転倒する者が続出、多少の怪我《けが》も覚悟せずして乗合バスに乗ろうとする者は人非人という風潮になり、ついには停車する前に発車するバスまであらわれた。

当然のことだがやがて事故が続発しはじめた。着陸をいそいだジェット機が滑走路をとび出して空港ビルの一階を通り抜けながら爆発した。汽船の分際でモーター・ボート並みのスピードを出した罰を受け定期連絡船が坐礁《ざしょう》転覆した。事故で死ぬことを恐れながらも成績をあげる為《ため》時刻表通りに運転をしなければならぬ電車やバスの運転手など、死者がほんの二、三人というちょいとした事故を起したぐらいであればむしろほっとした顔をする始末である。

工場ではコンベヤー・ベルトが早くまわりはじめた。惰性とか慣れとかいうものは恐ろしいもので最初のうち作業員たちはこれに気づかず、ちゃんとベルトの速度にあわせて手仕事をしていたが、そのうち障害は工場以外の、彼らの日常生活の方で起りはじめた。手の動作その他を必要以上に急いだり力をこめたりするものだから、スイッチの紐《ひも》を引けばシャンデリヤが落ちるわ、水道の栓をひねればカランがとれるわ、ドアの把手《とって》はねじ切れるわ、電話のダイヤルははずれるわ、握手すれば相手の手の骨が折れるわ、猫を抱けば潰《つぶ》れるわ、服を脱ごうとすれば破れるわ、便所へ入るなりズボンの中へ小便をするわ、飯は鼻に入るわ箸《はし》で眼を突くわ、障子ははずれるわ窓は落ちるわ、字は書けないわ眼鏡はかけられないわ、何ひとつ満足にできず、とうとうネクタイで首を絞めて死ぬやつまで出た。

ラジオ番組は前にもましてひどいこま切れとなり、テレビ番組もずたずたになった。コマーシャルをきちんと流せばもういくらも時間は残っていず、歌番組はオープニングも司会もなく突然歌手が出てきて歌い、一番だけでそそくさと次の歌手に交代するという、まるでのど自慢と変らぬ有様。アナウンサーはニュースがなく、やたら同じニュースをくり返すのみである。中にはニュースはありませんなどと断言するアナウンサーもいる。これに反しニュース解説科学解説などは時間に追われ、いそいで喋ろうとして舌を噛《か》むやつもいた。

おれは一度、気晴らしにボクシングの試合を見に行ったがひどいものだった。ゴングばかりが続けさまに鳴る中、両ファイターはそれぞれのコーナーで互いに闘志を身内へ秘めたぎらせたまま立ったりすわったりするばかりである。しまいには見物客が怒って帰ってしまった。

映画館ではフィルムをカットして上映しはじめた。客が文句を言うと今度は高速度映写をはじめたというからひどいものである。

おれはこの糞《くそ》いまいましい異変のおかげで許婚者《いいなずけ》の摩耶子《まやこ》と喧嘩《けんか》わかれをしてしまった。待ちあわせ時間に三時間も遅れたのでむくれかえっている彼女をなんとか宥《なだ》めすかし、ラヴ・ホテルへつれこんだまではよかったのだが、オーガズム寸前に夜が明けてしまい、そうなるとこっちも出社時間が気になるのでとうとうポテンツ低下を招き、ついに彼女を爆発させてしまったのだ。似たようなことで杉下も、妻君とは離婚寸前の状態にあるということだった。彼の場合は晩酌をやりながらゆっくり晩飯を食い終ったら朝になっていたということで、布団《ふとん》の中で彼を待っていた妻君が癇癪《かんしゃく》を起したらしい。

新聞にはどうでもいい記事や書きなぐりのような記事がふえはじめた。減ページになり、そのうち白い部分がちらほらしはじめた。広告の質が低下し、天下の朝日新聞にまでポルノ写真郵送販売の広告が載るようになった。時間の進み具合が早くなったからといって事件の発生件数がふえるわけでもなく、日常的題材で記事を作ろうとしても記者の数には限りがある。

結局のところ事実を早く報道すべきだという悲鳴まじりの突きあげはこうしたマスコミ内部の記者連中から発したものであったという。新聞はある日を期していっせいにあちこちで起っている異変の為の混乱をそのまま記事にし、例によって政府の無為無策を攻撃した。これに呼応してテレビでもアナウンサーがわかったようなわからぬような、いや、本当はまったく何もわからないのだというようなことをニュースで何度も喋った。

「えー。皆さんももうお気づきと思いますが、一カ月前からか、二カ月ほど前からなのか、その辺のところもよくわからないのですが、時間が早く経ちはじめたというか、あるいはわれわれのテンポとか時間感覚が遅くなったとか、そういったものかもしれないのですが、まあそういったよくわからぬ現象が起りはじめております。この原因は今のところまったく不明、何もわかっておりません。時間は徐徐に、加速度的にスピードを早めておりますが、どこまで早くなるかはまったくわかりません。原因を中央気象台へ問いあわせたところによりますと、まったくわからないということであります。地震研究所からはわからないという回答がありました。天文台では何もわからないそうであります。尚《なお》、外電によりますとこれは全世界的な現象であるとのことです。それではスタジオにお招きした科学評論家の斎虎守茶呂さんに、この異変について語っていただきます」

アナウンサーならわからぬで済むが、こういう時テレビに引っぱり出される科学評論家はまったく可哀想《かわいそう》とも気の毒とも言いようがない。

「まあ、このようなことはあり得る筈はないと。ま、このように思うわけですね。しかし事実それは起っていると。これはやはり認めるそれが科学者の態度ですね。で、この原因は何かと。あり得る筈のないことが起った場合、この原因は確かめようがないわけですね。では反対に考えたらどうかと。それはつまり、起ったのだからあり得るのですね。ですからこの、あり得たということが原因ではないかと。ま、このように思いますですね。ええ」

いったんタブーでなくなってしまえば報道することは山ほどある。今まで時間のことに関しては良識を疑われそうな発言を恐れて沈黙していたマスコミ大衆も堰《せき》を切ったように不平不満を並べはじめ、政府の行政を攻撃しはじめた。新聞、テレビ、ラジオは急に活気をとり戻し連日この原因不明の時間の加速現象について論じ出した。政府もしかたなく、やっとこの異変についての声明を発表した。

「政府はこの異変を率直に認め、今後前向きに検討して行く。とりあえずは各企業に対し天体の運行や時計による時間に束縛されて重大な支障を招くことのないよう指導して行くつもりである。ただしこれは時計による時間そのものの全面的廃止ではない。現時点における時計利用の廃止はかえって混乱を来たす恐れがあり、何よりも、どの程度時間が早まっているかを知る目処《めど》がなくなるからである。各方面におかれてはこの異変に対し良識の線に沿って善処されることを望む」

原則的には、世界各国で早くも実施されていた方法に追随しての時計時間の否定だったから、もはや頼りになる時計といえば砂時計しかなく、これによって全国時計屋の倒産と失業は決定的となった。時計を買う者はいなくなり、八十万円もするローレックスは連日値下げに次ぐ値下げでついに五千円となったがそれでも誰も買わず、食うに困った時計屋が夜逃げをたくらみ、用意してこっそり家を出ようとすると早くも夜が明けていて逃げられない。

　天文台では断続的に（定期的ということばもなくなった）時間の加速程度を砂時計で計ったもとの時間と比較して発表しはじめた。

「現在のところ、時計時間の約三日半が昔の一日に相当します」

「現在、時計時間の約四日が昔の一日です」

「現在時計の約四日半が一日です」

「現在時計の五日が一日です」

　これとてどんどん速度が加わるので先の予定などまったく立たない。

　政府声明に力を得たか国鉄などは一転していい加減になってしまった。「えーと。だいたい三日と十時間遅れの十一日八時発ひかり号は今発車します。博多着がまあこの分ではだいたいその、明後日の遅くか、その次の日の朝早くになるだろうと。え。何。ああ。もう少し遅くなるそうです。あは。あはははは。あは」

　だいぶ前から隔日刊となり夕刊も廃止していた新聞は、とうとう週刊になってしまい、週刊誌は月刊となった。それでもすぐに発行が遅れ勝ちになり、新しい新聞と思って売店で買ったら先週の新聞だったりすることが多くなった。わが社でも重役会議が四日間ぶっ続けで行われ、八時間勤務でなく一週間勤務を原則とすることが決定した。つまり一週間働き、二週間休むわけである。二週間というと長いようだが、交通が滅茶苦茶だから定刻に出勤しようとすれば四日前の深夜ぐらいには家を出なければならないし、帰途、バーへ寄って飲んでいたりすると一週間などまたたく間に過ぎてしまうのである。

ふつうこういったSFでは、異変が長びけば人間はなんとか適応の道を見出《みいだ》すものである。ところがこの場合は時間がどんどん加速するので適応している暇さえない。自殺者が増加した。しかし一日の自殺者数は変らなかった。一日が短くなったわけだから時間の加速度と自殺者数が完全に正比例したのである。

自殺者が出るのも道理、楽天家のおれでさえ発狂しそうな週週（日日ということばもなくなった）であった。一度郷里の親に電話したら長距離通話料金十二万三千二百九十円を請求されて卒倒しそうになったことがある。むろん電話局でも何度か長距離料金を改正したのだろうが、時間の加速に追いつかないのである。

これとは逆に銀行などでは損をしないよう早いめ早いめに利率の改正をやったため、取引先とのトラブルが絶え間なしという状態になったそうである。おれは銀行とは縁のない人間だからまったく平気で、後手後手《ごてごて》にまわるスローモーなわが社の経営陣のおかげで月給が何度も貰《もら》え、むしろ金銭的には潤《うるお》ったぐらいだ。

ずいぶん早く一年が経《た》ち、さらに早く二年が経ち、三年めからは眼に見えて時間が速度を加えはじめた。とにかく朝便所に入って出てくるともう夜になっているのだからたまらない。天体の運行が肉眼で見えるようになり、これはプラネタリウムじみた壮観であった。時計の秒針などはとうに見えなくなっていて、長針が凄《すご》いスピードでまわるのを見ていると眼がまわった。デジタル時計の一桁《ひとけた》の分をあらわす数字など、ちらちらしてまったく読めない。ねじ巻き時計はすぐに停ってしまうので役に立たなくなってしまった。

こんな有様になっても人間というのはおかしなもので、できるだけ以前の慣行を続け現業を維持していこうとする。ラジオは時報専門局というのを作った。ここへダイヤルするとのべつ「四時です五時です六時です七時です」とうわごとのように喋《しゃべ》り続けていて、なんとなくこの世の声とは思えない。喋る方も疲れるだろうが聞いている方も疲れる。テレビでは芸術祭参加作品・一カ月ドラマなどというのをやったが、これは後半になってドタバタまがいのあわただしさを加えることになった。

それぞれが自分の商売に都合がいいような時間割を作って以前の生活を続けて行こうとするので、いろいろな不都合や矛盾が起った。腹が減った頃には食堂は開いていず、電車が動いているので安心して都心に出たら映画館は終っているし、デパートも閉店しているという有様。わが社でも得意先との営業時間の調整がうまくとれず、なんのために出社したかわからぬということさえしばしばだった。

　やがて食糧事情が悪くなってきた。農作物の成長が四季の変化に追いつかず、豚は気が狂って仔《と》を産まなくなり、牛も乳を出さず、鶏も卵を生まなくなった。地震、台風、津波、山くずれなどの天変地異もあちこちで起りはじめた。そのため漁船も出漁不能となり、頼れるほどの食糧資源は古米、古古米をのぞいて皆無という状態になった。

　風呂《ふろ》へ入れば一週間かかり、飯を食っている間に十日経っているというあわただしさになってくると、なんとなく世界全体に終末感がみなぎりはじめ、「超時間教」「終末教」「スピード教」といった新興宗教、インチキ宗教が頻出《ひんしゅつ》して集団自殺がふえはじめた。街頭に立てば尋常ならざる言動の男女を必ず数人は見かけるようになった。演説をするやつ、天を指して笑うやつ、踊るやつ、裸になるやつ、オナニーをするやつ、口からよだれの糸を風になびかせて走るやつ、マイク代りのものを持ちうっとりと眼を閉じていやらしく歌うやつ、壁の穴を指でほじるやつ、通行人に自分の失策から世界がこのようになったことを詫《わ》び続けるやつ、中には数人で肩を組み車道のまん中をおっとっとっと、よいよいよいよいなどと言いながら行進する連中もいた。

新聞は年刊になったものの、こうなってくるともうあらゆる職業の人間がやる気をなくしていて、新聞記者だって同じことである。

「記録更新！　わしゃ一カ月にわたるセックスをやったぞ。ぎゃはは」こういう記事が天下の大朝目新聞の第一面に出るのだから世も末だ。

時計の長針が見えなくなり、短針の動きさえ早すぎてそろそろかすみはじめた。昼夜はおそろしいほどの勢いで交代し、星空を見あげようものなら眼がまわってぶっ倒れ、家を出る時には雪が降っていて会社に到着した時は夏のまっさかりで汗びっしょりというありさま。海水浴場では遊泳が禁止された。沖で泳いでいるうちに冬になり、凍死するやつが続出した為《ため》である。

「このぶんではまたたく間に二十一世紀がやってくるな」などと話しあっていたの

は昔のこと。二〇〇〇年に近づくにつれて時間はますます加速し、昼夜の交代が激しいため戸外でひとと会ってもちらちらして人相がよくわからない。

常に嵐《あらし》が吹きすさび、とうとう屋外へは出られなくなってしまった。天候がおだやかになった隙《すき》を見はからい、律義《りちぎ》に会社へ出勤したおれと杉下は、そのまま家へ帰れなくなった。おれは独身だし杉下も仕事熱心が災いしてとうに離婚しているから、家へ戻ったところでどうということはない。

「そういえばこの異変が起りはじめた頃からずっと、この時間の加速が極限に達したらどうなるかを公式に論じたやつはひとりもいなかったな」昼夜の交代が激しくて今や灰色になってしまった窓外の、吹きすさぶ嵐を眺めながら杉下が言った。

「それだよ。結局それは新しいタブーになったんだと思うね。考えるだけで恐ろしいからな」破れた窓ガラスをベニヤ板で補修しようとしながら、おれは答えた。

「おい杉下。そっちを持っていてくれ」

「よしきた。新聞にしろラジオにしろ、そういえばどうしたらこの現象がもとに戻るかばかり論じて、成り行きを予想した議論はひとつもなかった。原因不明なんだから、どうすればもとに戻るかなんてわかりっこない。それよりも成り行きの方が簡単に予測できた筈《はず》なのにな」

「しかし考えてみれば」おれと杉下は暴風によってベニヤ板につかまったまま部屋の中央へ押し戻された。「予測できる成り行きは二つしかない。無限に加速が大となるか、時間が逆まわりしはじめるかだ」

「逆まわりの線は考えられないね。今までの経過を振り返って見ても、逆まわりを暗示するような伏線は何もない」部屋の奥へ吹きとばされながら杉下は言った。

「おれもそう思う。原因らしいものをおれなりに考えたんだが、もしその通りだとすると尚さらだ。この時間の暴走は極限へつき進むだけだ」吹きとばされまいとしてデスクにかじりつきながらおれは言った。「これは人類の歴史に関係があるんじゃないかと思うんだ。地球の誕生から人類の出現まで、時間はおそろしくゆっくり流れていて、ないも同然だった。人類が出現してからもしばらくはそうだった。時間というものが定められ時計が発明されてから、時間は人間の上に乗っかり、歴史は急に速度を加えた。殊《こと》に最近、人類の歴史は猛スピードで展開した。人間か時間を早めたのだ。そして今になって、人間はそのスピードが恐ろしくなった。公害だの何だのと言って、進歩に急制動をかけようとした。そこで歴史と共に駈《か》け続けてきた時間が、人間だけをとり残して自走しはじめた。マンガでよくあるやつさ。トロッコが木にぶつかり、トロッコの上の主人公がぴょんと進行方向へとんで行く。あれと同じことが時間に起ったと思わないか」

「そういう形而上的《けいじじょう》な原因ではないように思う」部屋の奥の壁にへばりついたままで杉下が言った。「この作者の作風から考えて、原因はもっと馬鹿《ばか》ばかしい、非常にナンセンスなものだと思うよ」

杉下の言った通りだった。

二十世紀の最後の数年は、わずか数秒のうちに過ぎた。人びとはただ、あれよあれよというだけであった。

1993「あれよ」
1994「あれよ」
1995「あれよ」
1996「あれよ」
1997「あれよ」
1998「あれよ」

「あれよ」
「あれよ」
1999
2000
そして二〇〇一年がやってきた。
二〇〇一年から先に、時間はなかった。そこでは時間が滝になって、どうどうと流れ落ちていたのである。(作者傍白・そんなばかな)

(「SFアドベンチャー」昭和五十四年五月号)

問題外科

「このあいだ柳沢教授の出した『制癌《せいがん》性抗生物質』だけど、あの本、高価《たか》いよなあ」広田がおれにいった。「たった二百ページで五万二千円だぜ。それも、あっちこっちに発表した短い論文の寄せ集めだしさ」

「ま、学生連中はしかたがないから買ってるけどね。可哀想《かわいそう》に」

おれがそういうと、広田はすぐに笑って否定した。「連中なら、ちっとも可哀想じゃないさ。どうせ親が買うんだ。親ってのはたいてい医者だし、子供を医者にするためならいくらでも金を使う」

「医者の子供でなければ医者になれないという世の中になっちまったな。今じゃ医者だけは世襲だ」おれも笑い返した。「おれたちの頃みたいに、苦学しながら医学をやるなんてことは、もうできなくなっちまった」

「そうとも。もう少し生まれてくるのが遅ければおれたち、医者になんかなれていなかったところだ」広田も嬉《うれ》しげにげらげら笑った。「乗り遅れなくてよかったぜ」

おれと広田はいつも自分たちの幸運を確かめあっては喜び、そのたびに友情を確かめあうのである。

「しかし、助手連中遅いな」おれは壁の時計を見あげた。「手術開始予定時間の五分前だぜ」

「麻酔医も来なきゃ、看護婦も来ない。なんてことだ」広田が舌打ちした。「まだ晩飯を食ってるのかな」

「あの食堂、いつも混むからな。ま、レストランへ行く金がないんだから可哀想なものさ」

おれと広田はちょっと顔を見あわせ、またにやにやした。おれたち自身も助手時代にはそうだったのだが、少なくとも飲み食いに関してなら今はどんな贅沢《ぜいたく》でもできる。その幸福を噛《か》みしめては浮き立つような気分を楽しむのである。

「終ったら、どうせまた『久松』へ行くんだろ」と、広田が訊《たず》ねた。

「行く」と、おれは答えた。「今夜あたり、めぐみが陥《お》ちるんだ」

てばかりだ」
「いいな」心底羨《うらや》ましそうに、広田はいった。「おれはこの間から佐枝子に振られ
「ええい。早く手術《オペ》を終えて、早く行きたいなあ」おれは固いベンチから立ちあが
り、手術準備室の中をいらいらと歩きまわった。遊びに行くことを考えはじめたら
矢も楯《たて》もたまらない。この辺が医者の小児性などと言われるところだ。
「カルテあるか」
広田がそういったので、おれは患者のカルテを見せた。
「なんだつまらない。ただの胼胝《べんち》性潰瘍《せいかいよう》じゃないか。こんなありふれた手術《オペ》にどう
しておれが立ちあわなきゃならんのだ」広田は唇を歪《ゆが》めた。
「患者《クランケ》が外科部長の知りあいの娘らしいんだ。ま、万全を期したいんだろうよ」
「それにしたって、食道外科のヴェテランが二人もかかりきりになるような手術《オペ》じ
ゃない。こんな手術《オペ》、君なら眼をつぶっていてもできるだろ」
「そうだな。できるかできないか、今夜いちど試してみようか」
おれたちはげらげら笑った。
「ぼんやりしているのも芸がない。その患者《クランケ》、われわれで病室からここまで運んで

ことようじゃないか。それでもまだ誰も来ないようなら、二人だけで手術《オペ》をはじめればいい」そういって広田が立ちあがった。

「そうだな」

二人だけで手術をするのはちと乱暴だが、助手たちが来るまでに準備できていた方が手術は早く終る。あの虫けらのような看護婦どもが表面だけはずいぶんと恐縮して見せることだろうが、たまにはそういう気さくなことを演じておいた方が病院内での評判はいいのだ。おれたちは第四手術室を出てぶらぶらと四階の病棟に向かった。夜の八時といってもこの大病院の廊下はまだ昼間とさほど変らぬあわただしさに満ちている。

「最近、よく患者《クランケ》が死ぬんだがね」と、広田がいった。「手術《オペ》はどれもこれも、みな成功しているんだ。なのに患者《クランケ》は死んじまう。ありゃあなぜだ。最近の患者《クランケ》ってのは、だいぶ弱ってるのかね」

「今、あんたのこと、あの看護婦どもが『切り裂きジャック《ジャック・ザ・リッパー》』なんて言ってたぜ」

おれはくすくす笑った。

「以前は自分がそう言われてた癖に」広田もにやにやした。「ま、医者にだってバイオリズムがあるんだ。それはそうと、一週間前に殺した患者《クランケ》はすごい美人だったなあ。まだ十七歳だったな」

「あんたは美人だと必ず殺すね。まるで勘さんを喜ばせてやってるみたいなもんじゃないか」

　勘さんというのは地下の病理にいる死体管理人の横山勘一という初老の男のことで、この男は女性の屍体《したい》と見れば必ず犯す趣味がある。そのことを病院内では誰知らぬ者はない。

　エレベーターの前までくると、食事をすませたらしい助手が四人、ちょうど降りてきたエレベーターの中からぞろぞろ出てきて、おれたちに一礼した。

「こら」広田がわめき散らした。「お前らは階段を使え。階段を。いつも言ってるだろうが」

「ふん。蛆虫《うじむし》めらが」エレベーターのドアが閉まると、広田は吐き捨てるようにそういって四階へのボタンを押した。「あいつらのこそこそした態度や臆病《おくびょう》そうな眼つきを見てるといらいらする」

「おれたちも以前はああだったんだぜ」

「そうさ。だから余計むずむずするんだ。ぶん殴ってやりたくなる」

「すでに何度もぶん殴ってるじゃないか。わはははは」

「わはははは」広田も気分を変え、大笑いをして見せた。「外科部長の知りあいの娘だといったな。美人だといいが」

外科の病室がずらりと両側に並んだ四階の廊下は、外来診察室や手術室のある一階と違ってさすがに静かである。

「ええと。四十二号室。ここだここだ」

その狭い個室へ入ると、二十二、三歳と思える若い女がベッドに横たわり、ぐっすりと眠っていた。おれたちは看護婦詰所の前から押してきた移送車をベッドに並べて停《と》めた。

女はさほど美しくなかった。

「それほど美人じゃないな」

「でも、ちょっと可愛《かわい》いじゃないか」

「ああ。ちょっと可愛いな」

シーツを剝《は》いでみると彼女は全裸だった。陰毛が濡《ぬ》れていた。

「なんだ。もう用意できてるじゃないか。麻酔もかけてあるみたいだぜ」

「浣腸《かんちょう》もしてあるんだろう」

おれたちは彼女を移送車に移し、ふたたびそのからだをシーツで覆《おお》った。広田が浮きうきして鼻歌をうたいはじめた。とてつもなく下品な、艶歌《えんか》調の流行歌である。移送車を押し、またエレベーターに乗り、一階で降りた。一階の廊下ですれ違った整形外科医は彼女の顔をのぞき込み、歯ぐきをむき出した。

「お楽しみ。けけけけけけ」

手術室にはまだ誰も来ていなかった。おれたちは患者を手術室へ運びこんで手術台に寝かせた。無影燈《むえいとう》をつけると煌煌《こうこう》たる明りが手術台の傍《そば》にあるガラス・ケースの中のメスや鋏《はさみ》や鉗子《かんし》を光らせた。

「いったい何してやがるんだ。予定時間を過ぎてるのにひとりも来ないとはひどい。あとで制裁を加えてやらなきゃあ」

「でも、用意だけはできてるようじゃないか。さっそく、かかろうか」広田が無造作にいった。

「おれたち二人だけで手術《オペ》をやるのか」

「ああ。連中がやってくるまで、おれが助手を勤めてやるよ。それとも、おれにやらせてくれるかい」広田はいかにも自分がメスを握りたそうな顔つきでおれの顔色をうかがった。

「おれはどっちでもいいよ」うなずいた。「やりたきゃ君がやれ。助手役には助手役の快楽がある」

「よし。おれがやろう」広田は眼を輝かせて、ちょっと気取った。「本日の執刀、広田正治」

　おれと広田は手術準備室に戻り、手術衣、手術帽をつけながら写真観察器《シャウカステン》にかけたレントゲン写真を眺めた。

「ここんところだな」

「ああ、そこだ。軽いもんだろ。そこなら」

「ああ。軽い軽い」

　おれたちはマスクをかけ、消毒液で手を洗って互いの手にゴム手袋をはめあった。広田がまた鼻歌をうたいはじめた。

「さてと」手術室に戻り、患者のむき出しの腹部をぴしゃぴしゃゴム手袋をはめた手で叩《たた》きながら広田がいった。「麻酔をどうする」

おれは首をすくめた。「困ったな。おれ、吸入麻酔は不得手なんだよ」

胃の手術は全身麻酔をかけて行うのだが、それには吸入麻酔法の技術がいるのだ。

「局部麻酔だけでいいんじゃないか」広田がまた荒っぽいことを言いはじめた。

「予備麻酔がきいてるようだから」

局部麻酔なら脊椎《せきつい》へペルカミンとかテトラカインとかいったものを注射するだけでよく、たとえ眼が醒《さ》めても意識が蘇《よみがえ》るだけでからだの感覚はまったくない。しかしこれは虫垂切除など下腹部のちょっとした手術の際にかける麻酔だ。

「局部麻酔だけで胃を切ったりしたら、痛がってわめき出すぜ」

「万が一の場合は頭をぶん殴って気絶させりゃいい」広田はにやにや笑いながらおれにうなずきかけた。「どうせ意識は朦朧《もうろう》としている。何をやったって憶《おぼ》えちゃいないさ」

「そうだな。じゃ、注射しよう」

おれは患者の呼吸音と脈搏《みゃくはく》を見ながら麻酔をかけた。広田は手術用の掩布《おいふ》を患者にかぶせた。作業している間もおれたちは、いつもの如《ごと》く患者をネタにしたブラックな冗談をのべつ連発し続けた。最近ではその冗談もエスカレートしていて、病院内の人間にさえ聞かせられないような猛烈なものばかりである。おれたちの冗談を傍で聞いていて嘔吐《おうと》を催し、手洗いへとんでいった看護婦もいれば、ぶるぶる顫《ふる》え出し、ついに失禁した看護婦もいる。単にさっと顔色を変える、などというのは序の口だ。ひと昔前の医者同士のブラックな冗談は緊張をほぐすためだけのものだから軽いものばかりだったのだが、おれたちのは残酷さそれ自身を楽しんでいるので次第に激しくなってくるのだ。

「ではそろそろ、裂くか」広田は患者の腹部を撫《な》でた。「機械出し、やってくれるかね」

「ほいきた」おれは機械台の上へ適当に見つくろって円刃刀《メス》だの尖刃刀《クーパー》だのをがちゃらがちゃらと置いた。

指をぽきぽき鳴らし、何度も折り曲げてから広田はいった。「メス」

「ほらよ」

広田はメスの刃先を彼女の柔らかい皮膚に押しあて、正中線通りにすうっと引いた。鳩尾《みぞおち》から臍《へそ》までの皮膚が裂け、少量の血が出た。

「お見事」と、おれはいった。

ぴくり、と患者の腕が動いた。

「おいおい」広田がびっくりしておれを見た。「麻酔、かかってるんだろうな。腹を開いてから動き出されちゃ、あたり一面博覧会だ」

「さあ」おれは首を傾けた。「予備麻酔、かけてなかったのかなあ」

「そんな馬鹿《ばか》な。あんなにぐっすり眠ってたじゃないか。ふつうのやつならこの明るい光の下へ置かれただけで眼を醒ますぜ」

「そうだな。きっと大丈夫だろう。どっちにしろ、局部麻酔だけはかけてあるんだ。動き出して残酷見本市になることはないさ」

「じゃ、続けよう」広田はさらに筋膜をつまみあげて切り、腹膜も裂いた。

おれは腹膜をぐいと両側に拡《ひろ》げ、腹膜鉗子と開腹鉤《こう》で固定させた。内臓が露出した。腕をつっこんで捏《こ》ねくりまわしたい衝動に駆られるあの赤紫色の濃淡の秘密めいた色調があらわになっておれの眼の下にあった。さあ、これからはぴくりとでも動いてくれるなよ、そう思い、おれはちらと患者の顔を見た。

彼女はぱっちりと眼を見開いていた。

ぎょっとして立ちすくんだおれの方へ、彼女は眩《まぶ》しそうな瞬《まばた》きをくり返してからゆっくりと視線を向けた。「あら。先生。わたしなぜこんなところに」

「わ。起きた」驚きのあまりメスを持ったまま一瞬がに股《また》になった広田が、マスクを顎《あご》の下まで引きおろした。「君、麻酔がかからない体質なのか」

「わたし、麻酔なんかかけていません」眼をぱちくりさせ続け、あたりを見まわした女は、わっと叫んだ。「手術室。わたし、手術されているんですか」

彼女は起きあがろうとした。だが起きあがれないらしい。どうやらおれのかけた局部麻酔だけはきいているようだ。

度肝を抜かれて茫然《ぼうぜん》としていたおれは、やっとことの重大性に気づいてとびあがった。「動いちゃいかん。今、開腹している最中なんだ」

「きゃあああ」真赤な口をあけて女はながながと悲鳴を吐き出した。「やめて。早く締めて。締めて」

「ジッパーじゃないから、そんなに早くは締められん」うろたえて右往左往しながら広田はいった。「このまま続けてやってしまうから、しばらくじっとしていなさい」

「わたし、どこも悪いとこなんてないんです」女がきいきい声でそういった。「だってわたし、患者《クランケ》じゃないんですよ」

『患者《クランケ》』というせりふを聞いておれは凝固した。「君、看護婦か。なぜあんなところで寝ていた」

「疲れて、仮眠していたんです」ヒステリックに、彼女は叫び続けた。眼をまん丸にしていた。「そんなこと、どうでもいいじゃありませんか。早く閉じて。閉じて。早くもとに戻して」

おれは広田と顔を見あわせた。「しかたがない。早く縫合しよう」

「ちょっと待て」何か考えていた広田はおれに眼くばせし、看護婦に訊《たず》ねた。「せっかく開腹したんだ。どこか悪いところがあったら切除してやろうか。虫垂など、とってほしくはないか」

「何もとってほしくないわ。何してるのよ。早く縫って。早く」

わめき続ける看護婦をそのままにして広田は手術室の隅まで行き、おれを手で招いた。

「面倒なことになった」近づいていったおれの耳に口を寄せ、彼は言った。「縫合しても痕《あと》が残る。相手は若い女だ。からだに傷をつけられたというのできりとおれたちを告訴するぜあの女」

「金をやったら黙るだろう」

「おれたちの収入を知ってるから巨額の要求をしてくる。金が惜しい」

「どうする」

「殺すほかないようだ」

「ううむ」

考えこんだおれから離れ、広田は看護婦の傍に戻っていって訊ねた。「裸で仮眠してたのはどういうわけだ」

「そんなこと、どうでもいいでしょ」看護婦がわめいた。「早く縫ってよ。どうにかなっちゃうじゃないのさ」

おれも彼女の傍へ行き、重おもしく低い声でいった。「いいかね。これは非常に重要なことなんだ。答えてくれ。なぜ全裸で仮眠する必要があった。ここへ運んできて開腹するまでぐっすり寝込んでいた。どういうわけだ。なぜそんなに疲れていた」

からです」

「そりゃあ」看護婦がちょっと口ごもり、投げやりに言った。「あれのあとだった

広田がいきごんで訊ねた。「誰とやった。あんなベッドで。相手は医者か、助手か。それとも患者か」

「関係ないでしょ」看護婦が泣き出した。「早く縫合してくださいな。お願い」

「どうもあやしい」疑い深そうな表情をして見せ、広田が腕組みした。「君はこの病院のものではないな。君の顔を、わたしは一度も見たことがない。それに、ベッドを共にした男の名前も知らんらしいし」

「知らないんじゃありません」看護婦はあわてて叫んだ。「わたしは産科の看護婦です。外科に空いてる病室があるからそこで楽しもうといって、あの先生がこの病棟へわたしを」

「おっとっとっとっとっと」おれはマスクをはずしながら彼女を片手で制した。

「あの先生、というところをみると、相手の男は医者だったらしいが」おれは大きく溜息《ためいき》をついた。「困ったねえ。その医者の名を教えてもらわんことには、破いちまった君のおなか、縫ってあげるわけにはいかんのだよ」

「なぜですか」看護婦が仰天して眼をまん丸にした。

「時間がないので手っ取り早く言おう。国際的な陰謀があった」早口で広田が喋《しゃべ》りはじめた。「君もそれに巻きこまれているんだ。早く解決しないと大変なことになる。今、われわれの使命を教えるわけにはいかんのだが、われわれを信用して全面的に協力してほしい。君が相手をした、その医者の名は」

「は、は、早川先生です。一般外科の」看護婦は広田の口調に引きずりこまれ、自分も急《せ》きこんで喋りはじめた。「あまり先生のあれがものすごかったものですから、先生が出て行かれたあと、わたし、ぐったりしてしまって、つい前後不覚で裸のままぐっすりと」

「一般外科の早川」おれは広田とすばやく視線をかわした。「早川先生には妻子があった筈《はず》だが、君は早川先生と以前から恋びと同士なのかね」

「いいえ。あの。あの。産科の小林先生のご紹介で今日はじめて」

「よし。わかった」広田が大きくうなずいて、またおれを部屋の隅へ引っぱっていきながらささやいた。「うまい具合だ。殺しても闇《やみ》から闇へ葬《ほうむ》れそうだぜ」

「ひとつ、気になることがあるんだがね」と、おれはいった。「今日の患者《クランケ》は、いったいどこへ行ったんだ」

広田は壁の時計を見あげた。「もう三十分過ぎてる。誰も来ないのはおかしい。君、日か時間か、どちらかを間違えたんじゃないか」

「そんな筈はないよ。ぼくは確かに二十一日の午後八時という連絡を」

広田がぐいとおれの腕をつかんだ。「今日は二十二日だ。君は一日、日を間違えたんだ」

がく、と膝《ひざ》の力が抜け、おれは床へすわりこみそうになった。

「心配するな。お互いにこういう際の友達だ」彼はまた看護婦の傍へ行き、宣言するような口調で告げた。「まずいことになった。われわれは君の腹の中へ、ある種の諜報《ちようほう》用小型装置をセットしなければならない」

「いや」看護婦が顔を歪《ゆが》め、また泣き出した。「いや。いや」

「誰かが入ってくるとまずい。ドアをロックしてきてくれないか」

「よしきた」おれはすぐ、手術室を出て廊下に通じている手術準備室のドアに鍵《かぎ》をかけた。

「死ぬのいや。死ぬのいや」手術室に戻ると看護婦が泣きわめいていた。「まだ生きる」

「死ぬときまったわけじゃないよ」片手で彼女の胃をいじりまわしながら、楽しんでいるかのように広田がそういった。「そんなに大声でわめかれると困るんだがね」

「気を失ってくれたらいいのにな」と、おれはいった。「殺《や》りやすい」

「ふつうの女なら、今自分の腹を裂かれていると聞いただけで失神する」広田はかぶりを振った。「だけどあいにくこの女、看護婦だ」さっ、と一挙に彼は掩布をひっぺがした。

「人殺し。人殺し」

「それくらいの声じゃ、廊下へは聞こえないよ」おれはメスをとり、わざと看護婦に見せびらかすようにして弄《もてあそ》んだ。

彼女は叫ぶのをやめ、呻《うめ》くような泣き声をあげはじめた。

広田がいつの間にかメスで、臍を避け正中線を恥骨まで切りおろしていた。おれはさっそく彼女の腸を露出させた。

「ああ。どこを切ってるの」泣きじゃくりながら看護婦が訊ねた。

それには答えず、おれたちは小声で相談した。

「どうやって殺す」

「どうせ殺すなら、内臓をひとつずつ剔除《てきじょ》していくというのはどうかね」

おれがそういうと広田は顔を輝かせた。「面白いな。やってみよう」

「ああ。滅茶滅茶《めちゃめちゃ》にしないで」看護婦がいった。「わたしのからだ、滅茶滅茶にしないで」

「今度はおれがやる」おれは彼女の肝臓の左葉を左手の指さきでつまみあげ、右手をさし出した。「尖刃刀《クーパー》」

「ほいきた」

おれが尖刃刀《クーパー》で、ぷるんぷるんとした血の煮凝《にこご》りの如き肝臓を肝静脈から切り離すと、あたりにピンクの血がとび散った。肝臓を切り取ったのは初めてだったので、おれはたいへん興奮した。今まで味わったことのない新鮮な快感があり、そのためおれの陰茎はズボンの中で怒張していた。

「何やってるの」敏感に何かを感じたらしく、看護婦が大声を出した。

おれは剔除した赤黒い肝臓を指さきでつまみ、ぴらぴら振りながら彼女に見せた。

「ほうら。でかい声を出すもんだから手もとが狂って、こいつを切っちまったじゃないか」

「あっ。あのそれは肝臓」看護婦は絶望的に天井を見あげ、泣き声とも笑い声ともつかぬ、あはははという変な声を出し、狂気の如く叫びはじめた。「戻して。早くもとに戻して。つないでよ。つないでよ」

「いや。もうつなげないよ」おれは冷たく笑ってその肝臓を部屋の隅の白い容器にぽいと抛《ほう》りこんだ。

「あはははは」看護婦が絶望してうつろな声をあげ、眼からどっと涙を噴き出させた。「あんまりだわ。もう死ぬ。殺されて死ぬ。わたし、肝臓がない。もう生きていけない」

突然迫ってきた死にどう対処してよいかわからず、なかば錯乱状態でうわごとめいたことをつぶやきはじめた女の哀れな様子を眺めながら、おれはほとんど射精しそうな快感に身をまかせていた。「なあに、まだ片方残っているから大丈夫だよ」

「今度はおれだ」

舌なめずりをしながら広田が次はどれを切るかとまるで店頭の品物を選ぶように看護婦の臓器を物色しはじめた時、手術準備室の電話が鳴りはじめた。

「おれが出よう」

尖刃刀《クーパー》を広田に手渡し、ゴム手袋を脱ぎながら手術準備室へ行って受話器をとると、外科部長の馬鹿《ばか》でかい声が聞こえてきた。

「やあ、わはははは。連絡板にはそこにいると書いてあったので電話したのだが、今夜は手術もない筈なのに、そんなところで何をしておる」

「広田君と遊んでおります」

「わはははは。子供じゃあるまいし」

「何かご用ですか」

「わはははは。なあに。今、新任の病理部長がこちらに見えとる。君たちに紹介しておこうと思ってな」

「では、すぐ参ります」

手術室に戻ると広田は、ちょうど看護婦の脾臓《ひぞう》を剔除したところだった。「どうだ。うまいもんだろ。これを切るのはむずかしいんだぞ」

「外科部長からだった。病理部長を紹介したいと言ってる」

「ああ。大学を定年でやめてこっちへ来た爺《じい》さんとかいうやつだな」広田はうなずいた。「せっかく面白いところだったのにな。しかたがない。行こう」

「この女をこのままにして行くのか。局部麻酔が切れて、この姿のまま廊下へおどり出したらどうする」

「なあに。踊ったりはしない。局部麻酔が切れたらすぐ痛みで死ぬさ。どうってことはない」

おれたちは看護婦をそのままにして手術衣を脱ぎ、廊下へ出て外から鍵をかけた。廊下を歩きながらおれと広田は煙草《たばこ》を喫《す》った。手術後の一服同様、それは眼がくらむほどのうまさだった。

外科部長室へ入ると部屋の中央の応接セットで肥満体の外科部長が、対照的に痩《や》せていてなんとなくファナティックな、ステッキを持った初老の男と向きあっていた。おれたちが近づいていって立ったまま一礼すると、外科部長はおれたちに腰かけるよう合図した。

「ご紹介しましょう。これが当病院でいちばん若手の二人の外科医です」彼はおれたちを初老の男にそう紹介した。「右が広田正治君。左が津島英一君。どちらも左甚五郎《じんごろう》の作」外科部長は自分の冗談で爆笑し、ソファからずり落ちて床にひっくり返った。

おれと広田が肱掛椅子《ひじかけいす》に腰をおろすと、足が悪いらしい初老の男は杖《つえ》を持つ手に力をこめてゆっくりと立ちあがった。

「わたしが今度、病理部長として就任した浜野です」彼はそう言い終るなり杖をふりかざし、広田の頭へ力まかせに振りおろした。「とやあ」

「いてててててててて」広田は不意に脳天を一撃されて椅子からころげ落ち、頭をかかえて床をのたうちまわった。

驚いてこの様子を見ていたおれは、浜野がこちらへ向きなおったので、あわてふためいてドアの方へ逃げようとした。だが、一瞬遅かった。

「とええええっ」

浜野の杖がおれの後頭部をしたたかに打ちすえた。おれはぎゃっと叫んでひっくり返り、眼の前がまっ暗になるほどの痛みに耐えかね、足をばたばたさせた。

「痛い痛い痛い。あなたは何をするんだ」

「わははははは。この浜野さんは初対面のひとを杖でぶん殴るというのが癖でな」外科部長がそういって自分の頭を撫《な》でた。「わしもさっきやられて、瘤《こぶ》ができた」

「気ちがいだ」広田が泣きながら椅子に這《は》いあがった。「どうしてそんなことをするんです。何も悪いことをしていないのに」

「ほら。もう嘘《うそ》をついとる」新任の病理部長はにやりと笑った。「悪いことをしとらん人間などいるものか」

「それはそうだけど、あなたが殴ることはないじゃありませんか」

「すまんすまん。わしは初対面の相手が自分に何らかの先入観を持っとりゃせんか、いつもそれを試すんじゃよ。君らは及第じゃ。無防備でわしに殴られた」

「馬鹿ばかしい」おれはあきれて叫んだ。「あなたは誰にでもこんなことを」

「いや。患者は殴らんよ。殴ると死ぬやつがおるでな。もっとも、癖になっとるもんで三度ほど患者を殴ってしもうたことがある。ひとりは死んだがもうひとりは発狂し、あとのひとりは不思議なことに病気がなおった」

「まったく患者というのは気まぐれなものですな」外科部長が調子をあわせた。

「たとえば同じ処置を施したのになおるやつもいれば死ぬやつもいる。なおれば医者を神様扱いするし死ぬと家族が告訴する。ああそうそう」外科部長はおれたちに向きなおった。「昨日はどうも知りあいの娘の手術《オペ》をやってくれてありがとう。今日広い個室に移したが、順調に快方へ向かっとる」

「はあ。それはよろしゅうございました」おれと広田は顔を見あわせた。

「ところで君たち、今ごろまで手術室で何をして遊んでおったのかね」

「はあ」おれと広田はまた顔を見あわせた。

「言ってしまった方がよくはないか」と、広田がいった。

「そうだな」おれは外科部長にいった。「手違いがありまして、どこも悪いところのない産科の看護婦の腹を裂いてしまいました。今まで、その処置をしていたところです」

外科部長は身をこわばらせた。「絶対に外部に洩《も》れぬよう、なんとか内密に処置してくれたまえ。君たちの失敗はわたしの責任だ」

おれたちは頭を下げた。「申しわけありません」

「まあよかろう。患者なら大変だが相手が看護婦というのであればな。それに今年は国際婦人年でもないし」外科部長はそういってまた爆笑し、椅子からころげ落ちた。

興味深げに横で話を聞いていた新病理部長の浜野が身をのり出した。「で、君たちはその看護婦を、どういう具合に処置したのかね」

「ただいま肝臓の左葉と脾臓を剔除いたしまして、まだそのままにしてあります」と、おれは答えた。「あと、内臓を順次切り取っていくつもりでおりますが」

「なにっ。すると、そのままの状態で抛ってあるのか。ではまだ生きておるな」浜野は急に興奮し、鼻息荒く立ちあがった。「まだ生きておるということを早く言わんか。そういう面白いことがあるのなら、ぜひわたしも立ちあいたい。さっそくそこへ行こうではないか。案内しなさい」

「そうですか。それでは」浜野の勢いにつられ、おれと広田はあわてて立ちあがった。

「いかがですかな。あなたも楽しまれては」浜野は外科部長の方を振り返ってそういった。

「お若いですなあ。あなたは」外科部長はげらげら笑った。「わたしにはとてもそんな元気はありません。残念ですが遠慮させてもらいますよ」

「左様か」浜野はかなりひどい跛《びっこ》で歩きはじめた。「では早く行こう」

白髪振り乱して早く歩こうと焦《あせ》る浜野をつれ、おれたちが手術室に戻ってくると、看護婦は露呈させた内臓から湯気をたてながらまだ生きていた。ひとりでさんざ泣いたり叫んだりしたらしく、もう声を出す元気も失っていて、ただのどをぜいぜいわせているだけである。おれたちはふたたび手術衣をつけ、浜野にも着せようとした。

だが浜野はかぶりを振った。「わしゃ、そんなものはいらん」

「でも、服が血まみれになりますよ」

浜野は乱杭歯《らんぐいば》を剝《む》き出して笑いながら、服を脱ぎはじめた。

おれたちは、あっと叫んだ。「ではあなたは、内臓をまる出しにしたあの看護婦を」

「もちろん抱くのじゃ。どうかね君たちもやらんか。こんな面白いことはないのじゃぞ」

おれたちは辟易《へきえき》して思わず一歩あと退《ずさ》り、かぶりを振った。

「いえ、わたしたちは、その」

「じつは今夜、別の女とその」

「馬鹿じゃのう。心身共に満足な女を抱いて何が面白い。まあよろしい。そんなら見ておれ」肋骨《ろっこつ》の浮き出た貧弱な肉体を露出し、浜野は全裸で手術台へよじ登った。彼はよだれの出そうな顔つきで看護婦の、今は血の池となった胸部腹部に浮かぶ内臓を眺めまわし、胃や腸などをいじりまわした。「ううむ。興奮してきたぞ」呼吸をはずませながら浜野は、がばと内臓の海に上半身をめり込ませて女に抱きついた。たちまち彼のからだは血みどろになった。「おお。熱い。生命の火じゃ。燃えておる。燃えておるわ」

「ああ。やめて」まっ白けの顔になっている看護婦が弱よわしくそうつぶやいた。

「何をするの。あなたは誰」

「天国への案内人じゃ。けけけけけけ」ぎくしゃくと下半身を動かしながらも浜野は片手で女の下腹部の内臓をまさぐり、平滑筋の多い子宮の厚い壁をさぐりあて、その下端にある膣腔《ちつこう》を外側からぐいと握りしめた。「こうしていると自慰と変らんな。けけけけけけ」

　看護婦が痛い、痛いといって泣きはじめたので、おれたちは彼女に施した局部麻酔が切れはじめていることを知った。だがその情景のあまりのもの凄《すご》さに、おれと広田はただ茫然《ぼうぜん》と佇《たたず》んでいるだけだった。早くいえば立ったまま腰を抜かしていたのだ。

「どうやらおれにはまだ人間らしい感情が残っていたらしい」と、広田がいった。

「こんなひどい目に会っているのを見ると、さすがひと思いに彼女を殺してやりたくなってくるよ」

「まだまだ殺してはならんぞ」浜野は快感に時おり身をのけぞらせながら叫んだ。

「ああ。天国じゃ」

浜野がからだを揺するごとに青白色のタイルの床へ鮮血がとび散った。浜野は次第に狂いはじめ、ついには看護婦の胸部の、切開してめくり返らせた部分から皮膚の下へ手をさしこみ、ちょうど和服の女の衿《えり》もとから懐中へ手を突っこむ要領で、奥へ奥へと大胸筋づたいに指さきを乳房の裏側までのばして筋肉を揉《も》みしだいた。

「ぎゃっ」と女が叫び、からだをそり返らせた。

その時浜野も絶頂に達してがっと赤い口をあけ、女の肩に嚙《か》みつき、肉をむしり取った。

「悪魔と妖怪《ようかい》の媾合《こうごう》といったところだな」おれは膝《ひざ》をがくがくさせながら広田に言

った。

ぐったりした浜野が手術台から、ほとんどへたり込むように床へおりて蹲《うずくま》り、荒い息をついた。「さあ君たち。内臓をはずすというなら、もうやってもよいぞ」

「そうですか」おれたちはそれぞれ円刃刀《メス》と尖刃刀《クーパー》を手にして手術台の傍《そば》に立った。

女はあまりの激痛に声も出ず、充血した眼球を半分がた眼窩《がんか》からとび出させたまま天井を睨《にら》み、全身を間歇《かんけつ》的にひくりひくりと動かしている。

どれから剔除《てきじょ》しようかと内臓を見まわし、おれがとりあえず回盲結腸口を切断して小腸と大腸を切りはなすと、驚くべき体力ではや疲労から回復した浜野が立ちあがり、これを見て大声で叫んだ。

「よろしい。そこを切ったか。それではわしがこれから面白いものをお目にかける」

何をするのかと思って一歩退くと彼は切断面から湯気を立てている盲腸をぐいと鷲《わし》づかみにし、腸間膜をばりばりと裂いて結腸と直腸、つまり一メートル半ほどある大腸をすべて下腹部から体外へ引きずり出した。

「ぎゃあああああ」と看護婦が叫んだ。

「東西。秋の銀杏《いちょう》は突風の舞い」

ぐいと引きのばした大腸の末端、盲腸をしっかりと左手で握ったまま、浜野は右手で盲腸から直腸までをえいとばかりにしごいた。

ぽんという、とびあがるほど大きな破裂音とともに、看護婦の肛門《こうもん》からはびっくりするほど大量の固形便、粘状便が猛烈な勢いで放射状にとび出し、あるものは床へ、あるものは壁へ、さらにその中のあるものは天井近くへまでとんでいってどんぴしゃりとへばりついた。

「わっ。やめてください」広田がおろおろ声で叫んだ。「あとの掃除をするのはわれわれなんですよ」

便とガスの臭気が手術室に充満し、鼻柱がひん曲りそうである。

「わあ。これはたまらぬ。ひっひっひ」浜野もさすがに辟易して、部屋の隅にあった白い掩布《おいふ》を裸身に纏《まと》った。「シャワー室はどこかね」

「廊下をへだてた向かいの部屋ですが」と、おれは言った。「そんな恰好《かっこう》、あまりひとに見られないように願いますよ病理部長」

「わかっとる。わかっとる」彼はそそくさと手術室を出て行った。「あとはよろしく頼むよ」

「眼まで痛くなってきた」ふたたびマスクをかけながら、広田がいった。「おいっ。早く片附《かたづ》けちまおう」

「うん」

おれたちは大あわてで看護婦の心臓に何度もぷすりぷすりと尖刃刀《クーパー》を突き立てた。最初は勢いよく噴出した血が次第に水呑《の》み場の水ほどの勢いとなり、すぐに出なくなった。女は眼を見ひらいたままで息絶えた。

おれたちは血と便にまみれた床や壁にホースの水をかけ、大いそぎで掃除をはじめた。

「この屍体《したい》、どうするかね」と、広田がいった。

「病理へ持ちこんで、勘さんに始末してもらえばいいよ」と、おれは答えた。「いやだというなら警察に屍姦《しかん》を投書するぞと脅せばいいのさ」

おれたちは掃除を続けた。

「『久松』へ行くのが、えらく遅くなっちまったな」

「今時分がいちばんたてこんでいる時だ。少し遅いめに行った方がいい。その方が女の子だって連れ出しやすいしな」

「君はあそこ、支払いをどうしてる。クレジット・カードかい」

「いや。現金だ。ちょっとでももてかたが違うだろうと思ってね」

「なあるほど。じゃ、おれも現金にするか」

「ひとつ、わからんことがあるな」

「なんだい」

「昨日の手術《オペ》のことさ」広田は首をかしげた。「外科部長の知りあいだという娘の、胼胝《べんち》性潰瘍《せいかいよう》の手術《オペ》、いったい誰がやったんだろうね」


（「問題小説」昭和五十一年六月号）

最後の喫煙者

国会議事堂の頂きにすわりこみ、周囲をとびまわる自衛隊ヘリからの催涙弾攻撃に悩まされながら、おれはここを先途《せんど》と最期《さいご》の煙草《たばこ》を喫《す》いまくる。さっき同志のひとりであった画家の日下部《くさかべ》さんが、はるか地上へころがり落ちていったため、ついにおれが世界最後の喫煙者となってしまった。地上からのサーチライトで夜空を背景に照らし出されたおれの姿は、蠅《はえ》の如《ごと》きヘリからのテレビ・カメラで全国に中継されている筈《はず》だ。残る煙草はあと三箱。これを喫い終らぬうちは死んでも死にきれない。二本、三本と同時に口にくわえて喫い続けたため、頭がぼんやりとし、眼がくらみはじめていた。地上への転落もすでに時間の問題であろう。

禁煙運動が始まったのはほんの十五、六年前だ。喫煙者への弾圧が猛烈になりはじめたのもたかだか六、七年前のことである。そんな短期間のうちに、まさかおれが地上最後の喫煙者になるとは夢にも思わなかった。そうなるべき条件が整っていたのかもしれない。おれはある程度名の売れた小説家であり、ずっと家で執筆していたため世の中の変化を直接見聞したり肌身に感じたりする機会に乏しかった。それに新聞は、だいたい新聞記事のあの死んだ魚の如き文章が大嫌いであり、ほとんど読まなかったのだ。地方都市に住んでいたが、たいていは編集者がわが家へやってきたし、文壇づきあいがほとんどないものだから、こっちから東京へ出かけて行くということもなかったのである。もちろん嫌煙権運動のことは知っていた。文化人の誰かれが雑誌などに肯定論、否定論を書いていたからだ。その論調が両者次第にヒステリックになっていったことも、そしてある時期から、突然運動が昂《たかぶ》りを見せ、これに対して否定的な論説が急に影をひそめたことも知っている。

自宅にいる限りそのようなこととはまったく無関係で過すことができた。青年時代からのヘビー・スモーカーであるおれはのべつまくなしに煙草を喫い続けたが、誰に忠告もされず、文句を言われることもなかった。妻や息子はおれの喫煙を黙認した。流行作家としての収入を維持し続けるための作品の量産には、盛大なる煙草の消費が不可欠の条件であることを知っていたからであろう。会社勤めなどをやっていたらこうはいかなかった筈だ。比較的早くから、喫煙者が昇進不能となる事態になっていたらしいのである。

ある日、ヤング雑誌の編集者二名がわが家へ原稿依頼にやってきた。応接間で対面すると、うち一名は二十七、八歳ぐらいの女性であり、彼女がおれにくれた名刺の右肩には大きくこう印刷されていた。

わたしはタバコの煙を好みません

この時期、名刺に嫌煙を表示する女性はさほど珍らしい存在ではなかったらしいのだが、おれはそれを知らなかった。したがって余計に腹を立てた。いやしくも雑誌編集者ともあろうものが、この流行作家のおれさまのヘビー・スモーキングを知らぬ筈はあるまい。いや。たとえ知らなかったとしても、喫煙するかもしれぬ相手に、しかも仕事を頼みにきていながらこういう名刺をさし出すとは、たとえ相手が煙草を喫わぬ人物であったとしても無礼極まりないことだ。おれはすぐに立ちあがった。

「そうですか。それは残念」きょとんとしている二人に、おれは言った。「あいにくわたしはチェーン・スモーカーです。煙草を喫わずに仕事の話をするなんて想像もできんことでしてね。いやまあ、遠いところまでわざわざご苦労さまでしたな」

かりかりかりかり、と、女性の眉《まゆ》が吊《つ》りあがった。若い男性編集者があわてて立ちあがり、いや、あの、その、どうかお怒りにならず、なんとか、その、などと懇願する声を背に、おれは応接間を出た。編集者たちは何やらぶつぶつ言いあいながら帰って行く様子であった。

東京から四時間もかかってやってきた人たちであり、おれは自分の過剰反応にいささかとまどった。一時間ぐらいなら禁煙できぬこともなかったのだが、煙によってただちに死ぬという特異体質者でもない相手のためになぜそこまでしてやらねばならないのかと考えなおし、もし仮に喫煙を我慢して仕事の話をしたとして、苛立《いらだ》ちのあまり尚《なお》さらひどい喧嘩《けんか》をしていたことは明らかだと想像することによって自分を正当化したのだった。

悪いことにこの女性編集者が嫌煙権運動の一方の旗頭であった。怒りに満ちあふれて彼女は自誌他誌を問わずおれの悪口、ひいては喫煙者全般にわたる悪口を書き散らした。いわく喫煙者はかくも強情片意地、頑迷《がんめい》横着、傲慢《ごうまん》横暴、我意妄執《もうしゅう》、独善専横の徒となってしまう。いわくかくの如き喫煙者と共に仕事をすることは困難を極めひいては失敗を伴うのであるから、すべての職場より喫煙者を追放すべし。いわくこの作家の小説を読むと喫煙者と化すおそれがあるから読んではならない。いわくすべての喫煙者は馬鹿《ばか》である。いわくすべての喫煙者は気ちがいである。

こうまで書かれてはこっちも黙ってはいられない。おれひとりならよいが他の喫煙者に迷惑がかかる。何か反論せずばなるまいと思っているところへ、ちょうどおれが毎号コラムを書いている「真相の噂《うわさ》」という雑誌の編集長が電話をしてきて、今や権力と化した嫌煙権運動の弾圧に屈してはならない反撃しろと焚《た》きつけたため、おれはさっそくおおよそ次の如き主旨の文を書いて同誌に発表した。

「喫煙者差別が激しいようであるが、これは過激な人間に非喫煙者の単純さが加わるからである。嫌煙権を主張する人間に惻隠《そくいん》の情がもののみごとにないのは、まさに煙草を喫わぬからである。口内炎は喫煙によって治癒《ちゆ》するが、これは煙草に神経の苛立ちを鎮《しず》める効果があるからだ。煙草を喫わぬ人間はたしかに健康的で血色もよい。スポーツをやる人が多いからだ。意味なくにこにこしている。物ごとを深く考えず、会って話していても面白くない。話が表面的で話題が軽い。まとまりがなく散漫である。話が途中でことわりなく横へそれる。二元論ができない。帰納的ではなくて演繹《えんえき》的であり、だからやたらとわかりやすいかわりにすぐありきたりの結論にとびつく。スポーツの話ならこっちに興味がなくても話し続けるくせに、哲学や文学の話だと眠ってしまう。昔は、ややこしい長時間の会議など、煙草の煙でもうもうとしていたものだが、今は会議室は空気清浄機、イオン発生装置などでクリーンになった。そこで会議が落ちついてできるようになったかというとちっともそんなことはなく、あっという間に終ってしまうと聞く。全員あたふたと席を立つらしい。なるほど非喫煙者たちは、ながい話、突っこんだ話、ややこしい話に耐えられず、用件が終り次第、あるいは自分のすることがわかり次第すぐに立ちあがる。そして落ちつきがない。ひきとめられるとそわそわして時計を何度も見る。怒るとしつっこく、そしてこれは男も女もだが、必ずど助兵衛《すけべえ》である。健康に気をつかうかわり、健康を犠牲にしてまで物ごとを考えようとしなくなり、つまり馬鹿になってしまった。馬鹿のままでそんなに長生きしてどうするというのか。アホの老人の大群が少数の若年の厄介《やっかい》になり百歳までゲートボールを続ける気なのであろうか。喫煙は人間を情緒的にする偉大な発見であった。にもかかわらず最近はジャーナリズムまでが嫌煙権運動の尻押《しりお》しをしている。なんたることか。記者たちのいる編集室と、もうもうたる煙草の煙とは切っても切り離せぬものであった筈だ。近ごろの新聞が面白くないのも編集室がクリーンになったせいであろう」

この一文が発表されるやたちまち反論の嵐《あらし》となった。もちろん非喫煙者たちの反論のこととてさほど新味のあるものはなく、中にはこっちの書いた文章をそのままひきうつして非喫煙者という語を喫煙者に入れ替えただけの無知無能な反論の投書もあり、これはまさに非喫煙者代表というにふさわしいアホな文章というので「真相の噂」が面白がって掲載したりもした。このころからぽつぽつおれの家には厭《いや》がらせの電話や手紙が来はじめた。電話といっても「そんなに早死にしたいか。馬鹿」といった単純な罵倒《ばとう》ばかりであり、手紙も同様だったが、こちらの方には時おりまっ黒けのタールの塊りを送ってきて「これ食って死ね」という文章が添えてあるなど、僅《わず》かながらも気のきいたものが散見できた。

煙草のテレビCMや新聞・雑誌広告が全面的に禁止された頃から、日本人の付和雷同という悪癖が正面に出てきて喫煙者差別が大っぴらになってきた。自宅で執筆するといっても時には本を買いに出たりするため、近所を散歩することだってある。近くの公園に次の如き看板を発見し、怒りにふるえたのもその頃だ。

犬と喫煙者立入るべからず

ついに犬扱いだ。もうどうにでもせいという開きなおりで、おれの意志はますます強固になった。こんな弾圧に屈してなるものか。おれは男だ。

煙草は月に一度、出入りのデパートの外商部員がカートンで十箱持ってくる。アメリカの「ＭＯＲＥ」という煙草であり、一カートン三千円だから月に三万円、おれは毎日約六、七十本を煙と灰にしていたのだ。しかし、ついに外国煙草が輸入禁止となった。禁止になる直前、約二百カートンを買い溜《た》めたものの、それもやがてなくなり、以後は国産煙草で間にあわせるしかなくなってしまった。

そんなある時、どうしても上京しなければならなくなった。ある文壇パーティで、挨拶《あいさつ》しなければならなくなったのだ。主催の出版社には多年の義理があった。おれは妻に命じて新幹線の切符を購入させた。

「喫煙車って、二割増しなんですよ」妻は買ってきた切符をおれに渡してそう言った。「四号車だけなんですって。喫煙車をって言ったら、駅員からけものの見る眼で見られましたわ」

当日、ひかり号の四号車に乗っておれは驚愕《きょうがく》した。シートはぼろぼろで窓ガラスは煤《すす》だらけ、おまけにところどころに罅《ひび》が入り、小さな丸い紙が点点と貼《は》ってある。床がごみだらけのその汚い車輛《しゃりょう》には七、八人が暗い顔で乗っていて、天井には蜘蛛《くも》が巣を張りめぐらせ、車内放送がグリーグのピアノ協奏曲イ短調を暗鬱《あんうつ》に流し続けているという不気味さだ。座席の灰皿はろくに掃除もしないらしくて吸殻《すいがら》があふれ出ている。ドアには「他の車輛への通行を禁じる」と書いた紙が貼られていて、車輛後部の喫煙者用便所へ行くと水洗式ではなくて汲《く》みとり式。底を覗《のぞ》きこめば狸《たぬき》の親子。洗面所に水道はなく、ブリキのコップを鎖でつないだ汲みあげポンプがあるだけだ。おれは激怒してパーティをすっぽかすことに決定し、次の停車駅でとびおりてタクシーで自宅へ戻ってきた。この調子ではパーティ会場やホテルでどのような目にあうかわかったものではないと思ったからである。

都市部では煙草屋が町内から村八分《はちぶ》にされるという事態になっていた。わが家の近くの煙草屋も次つぎと廃業し、おれはずいぶん遠くまで買いに行かねばならなくなった。町内にある煙草屋はもう、そこ一軒だけになっていた。

「あんたんところ、やめるなんてことはないだろうね」と、おれは親爺《おやじ》に念を押した。「もしやめるというんなら、在庫の煙草、ぜんぶおれの家へ持ってきてくれよ」

ところがその夜さっそく、親爺が煙草をごっそりとおれの家へ運びこんできた。

「やめます」

やめる機会をうかがっていたらしい。おれのことばを渡りに舟と、在庫一掃して店をたたんだのである。

喫煙者差別はますますひどくなっていった。欧米諸国ではすでに全面的禁煙が成功している。しかるに後進国たるわが国ではまだ煙草が売られ、喫煙者が存在する。これは日本の恥であるというのでもはや喫煙者は人非人扱い、町なかで喫煙して袋《ふくろ》叩《だた》きにあう者が続出した。

人類の叡知《えいち》は常に、その愚行が極端に走ることを食いとめるという説があるが、おれはこの説に反対である。極端というのがどれほどのレベルを指しているのか知らないが、過去、人類の歴史をふり返れば愚行が私刑とか集団殺人とかいう極端の一種に走った例は数限りなく存在する。喫煙者差別もついには魔女狩りのレベルにまで達したが、差別する方はこれを愚行とは思っていないのだから始末が悪い。宗教とか正義とか善とかいう大義名分がある時ほど人間の残虐《ざんぎゃく》行為がエスカレートする時はないのだ。喫煙者差別は健康という名の現代的宗教のもと、正義と善を振りかざし、ついに殺人に及んだ。いくら言い聞かせてもなかなか喫煙をやめないからというので、町内一のヘビー・スモーカーを、ヒステリックになった商店街の主婦たち十七、八名と警官二名が白昼路上で惨殺《ざんさつ》した。この男は銃弾と出刃庖丁《でばぼうちょう》でからだ中にあけられた穴からニコチンとタールを周囲にまき散らして死んだという。

東京地方に震度五の地震があって住宅密集地域が火事になった時には、喫煙者どもが暴動を起したというデマがとび、道路に検問所が設けられ、都都逸《どどいつ》が歌えぬ避難者はすべて喫煙者と看做《みな》され、処刑された。差別する側も無意識のレベルでは罪悪感から被害妄想《もうそう》に陥るらしい。

ついに日本たばこ会社が焼打ちされ、やむなく倒産に立ちいたった時から、喫煙者にとっての暗黒時代が到来した。夜な夜な三角の白い覆面をした嫌煙権団《K・E・K》と称する連中が松明《たいまつ》の火をかざして町を徘徊《はいかい》し、残り少ない煙草屋《たばこ》に放火してまわるという世の中になったのである。このころになってもおれはまだ流行作家の特権意識を振りまわし、編集者たちに命じて煙草を買い集めさせ、何不自由なく喫煙を続けていた。

「原稿料のかわりに煙草をよこせ。さもなくば執筆せぬ」

可哀想《かわいそう》に編集者たちは全国津津浦浦を駈《か》けまわり、片田舎の売店でまだひそかに売られていた煙草だの、暗黒街やもぐり喫煙場《スモーク・イージィ》で密売されている闇《やみ》の隠匿《いんとく》煙草だのを手に入れてきておれに貢《みつ》ぐのだった。

おれのような人間は他にもいたらしい。よせばよいのにジャーナリズムは、まだ煙草を喫い続けている有名人という特集をしばしばくり返し、そのたびに、おれをはじめ喫煙宣言をして大っぴらに煙草を喫っている百人ほどの名を列挙して記事にした。

「この強情な人びと・最後の喫煙者となるのは誰か」

かくして、家の中にいてさえおれの身は四六時中危険にさらされることとなってしまった。石が投げられて窓ガラスが破れ、塀《へい》や生籬《いけがき》のあちこちでしばしば不審火が燃えた。塀には各色スプレーで落書きをされ、いくら塗り替えてもそれらは新たに書きなおされるのだ。

「喫煙者の家」

「ニコ中死ね」

「この家の者日本人に非《あら》ず」

電話や手紙での厭がらせはますます増加し、今やそのほとんどは脅迫といえるものであった。もう一緒には住めないというので、妻は息子をつれて実家へ帰ってしまった。

「最後の喫煙者となるのは誰か」というコラムは連日各紙に掲載され、予想する評論家まであらわれ、記される氏名は次第に減っていった。差別対象の減少に反比例して圧力は増大した。ある日おれは人権擁護委員会へ電話してみた。応対に出た男はとりつく島もなく、味もそっけもない言いかたをした。

「何を甘ったれたこと言ってるんですあなた。こっちは今まで非喫煙者を護《まも》るために努力してきたんですよ」

「しかし、今や喫煙者の方が少数なんですよ」

「ずっと以前から喫煙者の方が少数です。こっちは多数の利益を護る組織です」

「ははあ。おたくは常に多数派の味方ですか」

「あたり前でしょうが。馬鹿ばかしい」

こうなれば自分で自分の身を護るしかなかった。この時期、さすがに禁煙法の成立にまでは到らなかったが、そのかわりこれを不服として喫煙者に対する私刑は熾《し》烈《れつ》を極めていたのだ。おれは家の周囲に鉄条網を張りめぐらせ、夜間はこれに電流を通し、改造拳銃《けんじゅう》と日本刀を備えた。近くの町に住む洋画家の日下部《くさかべ》さんが電話してきたのはそんなある日だった。この人はもともとパイプ煙草の愛好者であったのだが、「HALF AND HALF」が手に入らなくなってからは普通の紙巻きに切り替えていた。もちろん、今やたった二十数人となった残り少ない喫煙文化人のひとりとして常にジャーナリズムにとりあげられる存在であったのだ。

「えらい時代になりましたな」と、日下部さんは言った。「情報によりますと、近く襲撃があります。マスコミ、特にテレビ番組がK・E・K団を焚《た》きつけてわれわれの家を襲撃させ、その焼打ちの様子をニュースにしようというのです」

「そいつは大変だ」と、おれは言った。「もしこっちが先にやられたら、お宅へ逃げこませてください」

「お互いさまです。こっちが先にやられたら、車でお宅へ行きます。その車で、一緒に東京へ行きましょう。東京には隠れ家があるし、同志もいます。同じ最後を飾るなら、首都でもって華麗に煙草の喫《す》い死にをやりましょう」

「賛成です。のちの世の教科書に『彼ラハ死ンデモロカラ煙草ヲハナシマセンデシタ』と謳《うた》われるような、立派な死にかたをしましょう」

おれたちは笑いあった。

笑いごとではなかった。それからたった二カ月のちのある夜、焼け焦《こ》げだらけになった日下部さんが車でわが家へやってきた。

「やられました」母屋《おもや》の一部の物置を改造したガレージに車を乗り入れ、彼は言った。「奴《やつ》ら、次はここへやってきます。早く逃げましょう」

「ちょっと待ってください」いったんガレージのシャッターをおろし、おれは言った。「ありったけの煙草を積みこみますから」

「それはありがたい。わたしも少しは持ってきたんですが」

車のトランクに煙草を積みこんでいると、急に家の周囲が騒がしくなり、縁側のガラスが割れた。

「来やがったな」おれは武者ぶるいし、日下部さんに言った。「ひとあばれして行きませんか」

「そうですか。では、そうしましょう。わたしも腹に据《す》えかねていたところです」

庭に面した食堂に来てみると、裏の塀の上で鉄条網にひっかかった男がぱちぱち音を立てて爆《は》ぜていた。かねて用意しておいた油の鍋《なべ》を火にかけ、日下部さんに改造拳銃を渡し、おれは日本刀を手にした。便所で物音がした。駈けつけると、隣家の軒づたいにとびついたらしい男が窓を壊して侵入しようとしていた。おれはその男の両腕を肘《ひじ》からばっさりと斬《き》り落した。

「………」

男は声なく窓の彼方《かなた》に消えた。

鉄条網を切断したらしく、庭へ十数人がなだれこんできた。てんでに雨戸や窓をこじあけようとしはじめたので、おれは日下部さんと打ちあわせてから鍋を持って二階へあがり、ヴェランダから煮えくり返った天ぷら油を庭一面に撒《ま》いた。火傷《やけど》した連中の遠吠《ぼ》えを合図に、日下部さんが拳銃を乱射しはじめる。怯《おび》えた叫びと悲鳴。

こっちにそこまで覚悟ができているとは思っていなかったらしい。怪我人《けがにん》をかついで連中はいったん退去した。しかし、玄関のあたりに放火されたらしく、家の中に煙が充満しはじめている。

「愛煙家へのあたたかいお心づかい」咳《せ》きこみながら日下部さんは言った。「しかし焼き殺されるのはいやだ。逃げましょう」

「あのシャッターは、きわめて脆弱《ぜいじゃく》にできています」ガレージで車に乗りこみながら、前の道路に人のいる気配を察知しておれは言った。「ぶち壊して発車してください」

日下部さんの車は戦車並みの頑丈《がんじょう》さを誇るベンツである。おれの車は最近息子の専用車にされてしまっていた上、息子が妻の実家へ乗っていったままなのだ。

ベンツは発進し、シャッターを破壊して道路へとび出した。そのままの速度でターンし、大通りへ向かう。家の前に群れていた塵芥《ちりあくた》の如《ごと》きカメラマンやレポーターその他十数人をはねとばしたようであったが、かまうことはない。

「いやあ。面白かったなあ」日下部さんは笑いながら運転を続けた。

今にして思えば高速道路各所の検問の目をくぐり抜けてよくぞ東京まで来られた

ものだと思う。日下部邸やわが家の焼打ちはテレビなどで報道された筈《はず》であり、当然K・E・K団や警察が張りこんでいる筈であったからだ。深夜走り続け、おれたちは朝がた東京に着いた。

秘密の隠れ家というのは六本木にある豪華マンションの地下であった。同じく焼打ちにあって各地から逃がれてきた同志たちがここに集まっていて、その数は約二十名。ここはもともと日下部さんが出資者のひとりであった高級クラブであり、オーナーもまた同志のひとりであった。われわれはここで団結と抵抗を誓い、煙草の神を祀《まつ》って勝利を祈願した。煙草の神などといってもご神体があるわけではない。「LUCKY　STRIKE」の赤丸を旗印にし、盛大に煙草をふかしつつこれを拝むだけである。

それからの、約一週間にわたるわれわれの戦いの様子をことこまかに述べることは、くだくだしいためにさし控えておく。一言で言うならば、われわれは比較的よく戦ったといえるのではなかろうか。われわれの敵は、嫌煙権団《K・E・K》及び、今やその手先となり果てた警察・自衛隊にとどまらず、WHOや赤十字をうしろだてにした全世界の良識といういやらしいものであったのだ。これにひきかえ、われわれを応援してくれそうなのはせいぜいが煙草の密売業を営むやくざ連中であって、こういう輩《やから》にすがることはわれわれ喫煙者の貴族精神に反するものであった。

ついに、われわれの苦境を見るに見かねた煙草の神が、できる限りの助《すけ》っ人《と》を派遣してくれたものの、これとて「PEACE」の鳩《はと》だの、「GOLDEN BAT」の蝙蝠《こうもり》だの、「CAMEL」の駱駝《らくだ》だの、「KOOL」のペンギン鳥だの、実にどうも頼りない連中ばかりであり、最後には「スモカ歯磨《はみがき》」から派遣されたという真っ白な歯をしたスーパーマン的お兄さんが助っ人にやってきてくれて、これにはちょっと期待できるかと思いのほか、実はトマソン並みの見かけ倒しであることが判明したりもした。

「わたしたちはあの悲惨な戦中、戦後を体験してきているが、世の中が豊かになればなるほど、法律や規則がふえ、差別がふえ、不自由になっていく。これはなぜですか」同志はすべて斃《たお》れ、たったふたりとなり、ついに国会議事堂の天辺《てっぺん》に追いつめられ、ありったけの煙草をふかし続けている時、日下部さんがおれに訊《たず》ねた。

「つまるところ、人間はこういうことが好きなのですか」

「そういうことでしょうなあ」と、おれは答えた。「こういうことをやめさせるためには、結局のところ、戦争を起すしかないようですねえ」

その時、日下部さんの頭部を、ヘリから発射された催涙弾が直撃した。無言のまま、日下部さんは墜落していった。地上に蝟集《いしゅう》し、花見気分で酒など呑《の》み、浮かれている群衆がわっと喚声をあげ、声をあわせてはやし立てる。

「あとひとり」

「あとひとり」

それからえんえん二時間、たったひとりで議事堂の頂きに粘り続けたのだから、われながら偉いものだ。どうせ死ぬのだから、体力などすべて消費したってかまわないのである。

いつの間にか、地上がひっそりとしていた。ヘリコプターもいなくなっている。誰かがマイクで喋《しゃべ》っていた。かすかに聞こえてくるそのことばに、おれは耳をすませた。

「……と、なるでありましょう。その時に後悔しても追いつきません。これは重大な損失となります。今や彼は貴重な、喫煙時代の遺物なのであります。天然記念物であり、人間国宝ともなり得ましょう。保護してやらねばなりません。皆さん。ご協力をお願いします。くり返します。こちらは本日、緊急に発足いたしました喫煙者保護協会であります」

　おれはふるえあがった。いやだ。保護されてたまるものか。新たないじめが始まろうとしているのだ。保護されはじめた鳥獣は必ず絶滅するものと相場がきまっている。見世物にされ、写真を撮られ、注射を打たれ、隔離され、精液を採取され、その他からだ中のあちこちをいじりまわされたあげく瘦《や》せおとろえて死なねばならぬ。それだけではない。死ねば剝製《はくせい》にされてさらしものだ。そんな死にかたをさせられてなるものか。おれはあわてて地上へとびおりようとした。

　だが、すでに遅かった。地上には救助幕が張りめぐらされていたのだ。

　彼方の上空から、網をひろげた二機のヘリコプターがゆっくりと降下し、近づいてくる。

（「小説新潮」昭和六十二年十月号）

老境のターザン

「あーアあアあーあ、アあアあ」

コンゴの奥地、鬱蒼《うっそう》と生い繁《しげ》った高い木木の枝葉に陽光を遮《さえぎ》られて昼なお暗い密林の中に今日もターザンの雄叫《おたけ》びが、響きわたるといえば聞こえがいいのだが残念ながらその声からは昔のような艶《つや》も張りも失われているので、低い音は野太く高い声はしわがれ、どちらかといえば怪鳥の悲鳴と豚の断末魔の混合物のようなものがうすら寒く弱よわしく、細ぼそと樹《き》の間を縫っていくだけである。

「あーアあアあーあ、ア」

何度めかの雄叫びが急にふっつりと途中でとぎれた。しばしの間をおき、やがてずしんというかすかな地鳴りが、敏感な密林の動物たちの耳とからだに伝わってきた。

「ターザン、また落ちた」雄《お》象のタンターが苦笑しながら、傍《そば》にいる雌《めす》ライオンのサボーにそういった。

「ターザンこのごろ、よく落ちる」と、サボーはいった。「老眼になっているから、蔓《つる》とまちがえて枯枝つかむ。猿の尻尾《しっぽ》つかんで切る。時には何もない空間つかむ。このあいだは蛇のヒスターの尻尾つかんで一緒に落ちた」

「いてててて」腰をさすりながらターザンが小屋に戻ってきた。「また落ちた」

「聞こえたよ。また、蔓とまちがえてオナガザルの尻尾にとびついたんだろ」ビヤ樽《だる》のように肥満したジェーンが、チョコレートをむさぼり食いながら、テレビのよろめきドラマに見入ったままでそういった。「オナガザルのぎゃっという悲鳴が聞こえたからね。しまいにこのジャングルの猿の尻尾は全部あんたに引っこ抜かれちゃうよ。よくまあ、動物愛護協会から文句がこないもんだ」

「老眼用のコンタクト・レンズが要る」びっこをひきながら革張りのソファに近づき、皺《しわ》だらけの額をさらに皺だらけにしながら、ターザンはううと呻《うめ》いてひっくり返り、肋骨《ろっこつ》あらわな胸を波打たせた。「まさかその金縁の老眼鏡をかけて出歩けないからな。ニューヨークにいるボーイに電話して、コンタクト・レンズを誂《あつら》えさせてくれ」

土人同士のベッド・シーンをやっていたテレビの画面がブれ、ジェーンは苛立《いらだ》って傍のコラの実をスクリーンに投げつけた。「畜生。またあの禿鷲《はげわし》の野郎がアンテナにとまりやがった。あんた、あいつ殺しとくれよ」

「何か、腰に貼《は》るものはないか」

「ドイツ製の膏薬《こうやく》があるけど、あんた、あんなもの貼って出歩いちゃいけないよ」ジェーンがあわててターザンを振り返った。「もうすぐ探険隊がこの辺へくるって、さっき営林局から電話があっただろ。あんた、この間も神経痛で木の根もとにうずくまって、うーうー唸《うな》ってるところを探険隊のひとに見られてるんだからね」

「毎日のように入れ替り立ち替りやってきやがって、何が探険隊だ」冷蔵庫をあけて、腰を冷やすための氷を出しながらターザンは毒づいた。「あんなもの、観光団と同じじゃねえか」

「でも、連中がくるおかげでわたしたち、観光事業団からお給料もらえるんじゃないのさ」ジェーンが、わざと甘ったるい声で、なだめるようにそういった。

「もう、ボーイに二代目を継いでもらいたいよ」ターザンは窓ぎわに置かれたチータの剝製《はくせい》へ悲しげに語りかけた。「お前みたいに、早くそうやって楽になりたいもんだ」

「何言ってるの。まだまだ稼《かせ》いでもらわなきゃね。お前さんには」コラの実を嚙《か》みながら、ジェーンはいった。「ボーイはもう帰って来やしないよ。嫁も厭《いや》がるだろうしさ。ニューヨークでの仕事も、うまくいってるそうだし」

「親不孝者め」ターザンは疲れた顔で壁を見あげ、恨めしそうに少年時代のボーイの写真を眺めた。「観光会社なんかへ就職しやがって。探険隊を組織してはこっちへ送り込みやがる。ちと親父《おやじ》の身にもなってみろというんだ」

「さあ、あんた」ジェーンが巨体をベッドから持ちあげてどっこいしょと立ちあがり、腰に手をあてた。「探険隊がもう来るよ。あの連中はあんたを見なきゃ、承知しないんだから。さあ早く。出て行かないんなら追い出すよ」

ターザンはソファの凭《もた》れにしがみついた。「腰が痛いんだよ。お前、今日だけ替ってくれ」

「駄目だよ。わたしがジェーンだなんて、どうせ誰も信じやしないんだから。事業団のひとたちも、お前は姿を見せるなって言ってるしね」彼女は半分白くなったターザンの頭髪をぐいとつかんだ。「さ。早く」

「いてててて」ターザンは悲鳴をあげた。「毛が抜ける。この上おれを禿にする気か」

高い木の上の小屋から追い落され、地べたに這《は》いつくばってべそをかいているターザンに、樹上からジェーンが叫んだ。「仕事がすんだらとっとと戻ってくるんだよ。探険隊の若い娘なんかに手を出したら承知しないからね。それから今夜はちゃんとわたしに、ま、わかってるだろうけどね」ばたん、と、ジェーンは小屋の戸を中から閉めてしまった。

「腰がこんな具合じゃ、とても歩けない。テンボを呼ぼう」ターザンは腰をおろしたまましわがれ声をはりあげ、象語で叫んだ。「テンボ。テンボ。その辺にいるやつ。誰でもいいから来てくれ」

「呼んだかね。ターザン」鼻をぷわおと鳴らして、タンターがやってきた。

「おお。タンターか。やっぱり昔馴染《なじみ》はありがたい。よく来てくれた。わしを乗せて、探険隊のくる方へつれて行ってくれ」

「探険隊なら、少し前に通り過ぎたよ」

「やっ。それはいかん。あとを追うのだ。それ」

それと叫んだところで、昔のように象の鼻を駈《か》けのぼることができないから、しゃがんだタンターの牙《きば》だの耳だのを手がかり足がかりにし、えんやこらえんやこらといいながら頭の上へけんめいによじのぼるのだが、腰を痛めているのでそれさえままならない。

「ターザン、歳《とし》とったな」と、タンターはいった。「早く隠居した方がよい」

「ジェーンがさせてくれないからしかたがない」

「昔はターザン、元気がよかった」ターザンを頭上にのせ、のっしのっしと密林の中を歩きはじめながらタンターはいった。「ターザン、ジェーンに出会う前のこと、憶《おぼ》えているか」

「さてね。歳をとるともの忘れがひどくなるから、若い頃のことはあまり思い出せないな」

「そうかね。わしはターザンと同じくらいの年齢だが、若い頃のことはわりあいよく憶えているよ。むしろ、忘れられないね」

「ふうん。お前もすでに七十歳に近いわけだな。で、何を憶えているっていうんだね」

「ジェーンに出会うまでのターザン、色情狂だった」

「ひどいことを言いやがる。性のはけ口に困っていたのだからしかたがあるまい。思春期だったものな」

「あのころはこのジャングルいっぱい、ターザンのザーメの臭気でむんむんしていた。満ちあふれていた。動物みなその強烈なにおいでむせ返った。ターザン、勃起《ぼっき》した自分のペニス、適当なはけ口あたりになくて木のうろへ突っこんだ。ペニス血まみれになった。木のうろの中に住んでいたクマネズミ、血みどろになった上ザーメぶちまけられた。ターザン、雌のテナガザルつかまえて片っ端から犯した。犯された雌のテナガザル、何百匹もいた。全部股《また》を裂かれて死んだり不具になったりした。それからターザン、お前雌ライオンのサボー犯した。走っているサボーにうしろからかじりついて、強姦《ごうかん》しながら首絞めて殺した」

「そんなことをした記憶はないなあ」ターザンは首をかしげた。「それに、サボーならまだ生きているじゃないか」

「ターザンぼけたか。あれは三代目だよ。ターザンの殺したサボーの孫娘だ」

ターザンは呻いた。「若気のいたりだ。思春期には誰だって多少の滅茶苦茶《めちゃくちゃ》をするさ。昔のことは忘れてくれ」

「それだけではないよターザン」タンターはなおも言いつのった。「お前カモシカ姦《や》った。シマウマ姦《や》った。ワニ姦《や》った。それからターザンお前わたしの妻犯した。もっとジャンボなセックスやりたい。テンボと正常位でやるのだといってわたしの妻と正常位で交わった。それからターザン、お前わたしのおカマ掘った。わたしたいへん恥かしい思いした。あの恥辱は、いくら歳をとっても忘れられるものではないよターザン」

風向きがあやしくなってきたのでターザンはあわててタンターの首にしがみついた。「まあ、そんなに怒るな。タンター。昔のことじゃないか」

「いや、むしろ歳をとるにつれてあの忌《いま》わしい悪夢のような記憶は、日ごと夜ごとに蘇《よみがえ》ってわが胸を掻《か》きむしり、古傷のように痛み、誇りを傷つけ、わが怒りをか、か、か、掻き立てるのだ」

自分の喋《しゃべ》ったことで自分で激昂《げっこう》したタンターは、鼻を高く振りかざし、前足をばたつかせながらあと足だけで立ちあがり、ぷわおと咆哮《ほうこう》した。ターザンはタンターの背から墜落し、さっき打ったのと同じところを木の根にたたきつけ、ぎゃっと叫んで眼をまわした。

「HMMMMMM」

気がつくとタンターの姿はすでになかった。もはやターザンの命令に従う気など、完全になくしたに違いなかった。

「畜生。おぼえていろ。バロウズに言いつけてやるぞ」腰をさすりながら起きあがろうとしたターザンは、落ちたはずみで義歯《いれば》をとばしたことに気がつき、あわてふためいた。「大変だ。あれがないと誰にも会うことができない」

地べたを這いずりまわって捜していると、探険隊からはぐれたらしい若者がふたりやってきた。

「あそこに乞食《こじき》がいる」

「あの乞食に訊《たず》ねてみよう」

「乞食ではない」やっと捜しあてた義歯を口に含みながら、ターザンは怒って叫んだ。「おれはターザンだ。お前ら、ターザンを知らんのか」

「ターザンだってさ」長髪の若者たちが、くすくす笑った。「そりゃ、おれたちいくら若くったってターザンぐらいは知っているよ。最近またリバイバルで本が売れ、映画も上映されているからね。だけどターザンというのは、あんたみたいなよぼよぼの」

「待てまて。もしかしたら本ものかもしれねえよ」もうひとりが言った。「ターザンだって歳はとるもの」

「ああ。そうかもしれねえな。だとすると」

ふたりは顔を見あわせ、げらげら笑った。「歳はとりたくねえなあ」

怒りの眼で若者ふたりをしばらく睨《にら》みつけていたターザンは、何を思ったか急に顔色を柔らげ、やさしい声で訊ねた。「あんたたち、探険隊とはぐれてしまったんだろう」

「そうなんだ。どっちへ行ったか知らないかい」困りきった表情でそう訊ね返してから、若者のひとりが急に試すような眼つきでじろじろとターザンの全身を眺めまわし、狡《ずる》そうなうす笑いを浮かべた。「あんたが本当のターザンなら、それくらいは知ってるだろ。教えてくれよ」

内心の腹立ちを押さえながら、ターザンはわざと笑顔を見せた。「ああ。知ってるとも。そっちへまっすぐ行けばいいさ」

「ああ。そうかい」ありがとうとも言わず、若者たちはうなずきあって、ターザンの指し示した方向へ灌木《かんぼく》や蔓をわけながら突き進んでいった。

「うわあっ」

ほどなく、若者たちの悲鳴が聞こえてきた。

ターザンはにやりと笑い、ゆっくりと若者たちのあとを追った。「ざま見ろ。年寄りを馬鹿《ばか》にするからだ。けけけけけけけけ」

怪鳥のような笑い声とともにあらわれたターザンを見て、若者ふたりが手を合わせ、助けを乞うた。「ターザン。助けてくれ。ここは底なし沼だ。見てくれ。もう膝《ひざ》まで沈んじゃった。早く助けてくれ」

「ひやあっ。もう腰まで沈んだ。死んじゃうよう。助けてくれようターザン」

「むひひひひひひ」金歯を光らせてターザンは笑った。「お前たちは死ぬのだ。ターザン馬鹿にしたやつ、みんなジャングルの掟《おきて》で死なねばならぬ。おまけに今日、わしはいやなことが続いてむしゃくしゃしていた。お前たち、運が悪かった」

若者たちは下半身を泥の中にめり込ませたまま上半身をのけぞらせ、眼を丸くした。「ターザン。正義の味方じゃなかったのか」
「もう正義の味方は厭になった。今日からは悪の味方だ」そう言ってしまってから
ターザンは、自分のことばに愕然《がくぜん》とした。「そうだ。ターザンなぜ今までそれに気
がつかなかったか。世の中がちっとも面白くなくなってしまったのは歳をとり、正
義の味方にふさわしくなくなってしまったからではなかったのか。歳をとれば年寄
りにふさわしい生き方がある筈《はず》だったのだ。いつまでも若いつもりでいるのは、た
いへんいやらしいことだったのだ」
「わあっ。もう胸まで沈んだ」若者たちが泣きわめいた。「いやだ。こんないやら
しい、苦しい死にかたはいやだ。助けてようターザン」
「もう馬鹿にしないからよう。助けてくれよう。もう首まで沈んじゃったよう」
「では年寄りにふさわしい生き方とは何か」ターザンは興奮し、底なし沼の周囲を
ぐるぐる歩きまわりながら大声の独白を続けた。「それは厭がらせと意地悪だ。そ
れこそ年寄りにふさわしい行為なのだ。もはや魔境のターザンにあらずして老境の
ターザン。老い先短いこの命。思いっきりの厭がらせと意地悪でもってせいいっぱ
い楽しんでやるのだ。むききききききき」

「ママ。ママ」

「死ぬ。死ぬ」

すでに口もとまで沈んで眼を白黒させている若者たちふたりを振り返り、ターザンは小気味よげに眼を細めた。「おお。意地悪とはなんとすばらしいことだ。こんなに興奮したのは久し振りだぞ」

「ママ。ママ。ごぼごぼごぼごぼごぼ」

「助けて。助け。ごぼごぼごぼごぼごぼ」

沼の表面へ大きな泡を続けさまに立てて若者たちふたりの頭が沈んでいき、さらに虚空《こくう》をつかんだ四本の腕が、苦しげに折り曲げた指さきが消えてしまうまで、ターザンは陶然として眺めていた。

それから躍りあがった。「こうしちゃいられない。探険隊に追いつかなければ。もっともっと意地悪をしてやらなければ。おおそうじゃ」

眼が爛爛《らんらん》と輝き、今は別人のようになってしまったターザン、貫通行動が変ったために見違えるほど元気になって、森を駈け、樹《き》から樹へととび移り、腰の痛みもどこへやら、昔に戻ったような身軽さで探険隊を追った。

「あーアあアあーあ、アあアあ」

「あの声はターザンだ」

「まあ。ターザンの声よ」

「素敵。ターザンの声だわ」

「ついにあらわれたぞ」

　男八人に女が六人という構成の、装備だけはものものしいがじつは素人《しろうと》ばかりの物見遊山《ものみゆさん》に近い探険隊の一行が、歓声をあげて樹上を見あげた。

　蔓《つる》にすがってとんできて、彼らの頭上の枝にすっくと立ったターザンは、遠目と密林の暗さで歳がわからないのを幸い、せいぜい若さを装《よそお》いながら大声で叫んだ。

「そっちへ行っちゃいかん。人食い人種の部落がある。観光案内に出ている安全な土人の部落へ案内してやるから、ついてこい」

　枝から枝へととび移りながらターザンは一行を先導しはじめた。

　むろんのこと、あべこべに人食い人種の部落へと導くつもりなのだが、一行は正義の味方ターザンを信頼しきっているので、まさかそんな方向へつれて行かれるなどとは夢にも思わない。

「ターザンのお蔭《かげ》で助かった」

「ほんと。やっぱりターザンは頼もしいわね」

そんなことを言いながら、携帯ラジオのジャズに浮かれて上機嫌、わいわいがやがやとついていく。

頃あいを見はからってターザンは人食い人種の部落へ先まわりし、ちょうど広場に集まっていた酋長《しゅうちょう》はじめ長老たちの前へ姿をあらわした。

「これはターザン。久しぶりだな」酋長がにがにがしげにいった。「おれたち、最近はもう人間も食わないし、なんの悪いこともしないよ。ターザンなぜここ来たか」

「なあに。今日はお前たちをこらしめに来たのではない」と、ターザンはいった。「ご馳走《ちそう》がこっちへやってくることを教えに来たのだ。探険隊の一行で、若い男が八人に若い女が六人」

「待てまてターザン」酋長が驚いてさえぎった。「われわれコンゴ政府から人食うこと禁じられた。もし背いてひと食えば部落の者全員死刑になるよ」

「政府の連中は、わしがうまく胡麻化《ごまか》してやる」片眼を閉じて見せ、ターザンは浮きうきして喋り続けた。「ターザン、政府の連中に信用がある。あの連中、ターザンのいうこと信用する。全員崖《がけ》から谷へ落ちて鰐《わに》に食われたと言えばよい。お前たち、安心して探険隊を食べればよろしい」

酋長たちの眼が輝きはじめた。「ほんとにその連中、食べて差しさわりないか」「ないない」と、ターザンはいった。「こいつらは若い連中で、わしの気にさわる連中で、ジャングルに公害をまき散らす悪い連中だ。遠慮せずに食えばよろしい」「若い者集まれ」酋長がおどりあがって叫んだ。「十年振りの人間狩りだ。ターザンの許可も出た。太鼓を打て。女どもは祭りの支度だ。ひとが食えるど」

ドンガガ、ドンガガ。

ドンガガ、ドンガガ。

急にターザンの姿が見えなくなったと思ったら、やがて周囲で太鼓の音が響きはじめたため、探険隊員たちは不安そうな顔を向けあった。

「何あれ。こっちへだんだん近づいてくるわよ」

「人食い人種じゃないだろうね」

「まさか。きっと歓迎の太鼓だろう」

そんなことを喋りあっているうち、突然頭上から大きな網が落ちてきて、あっと驚く暇もなく木蔭や灌木の繁《しげ》みの中からいっせいにとび出してきた土人たちに捕えられ、全員洩《も》れなくぐるぐる巻きにしばりあげられてしまった。

おどろおどろしい扮装《ふんそう》をした土人たちを見て女たちが泣き出した。「やっぱり人食い人種よ。食べられてしまうわ」

「ターザンどこにいるの。助けてえ」

「心配ないさ」知ったかぶりの若い男が、蒼《あお》い顔をしながら、まず第一に誰よりも自分を納得させようとするけんめいな口調で断言した。「これは余興だ。そうに決っている。人食い人種なんてものは、とうにいなくなっている筈だ。おれたちにスリルを味わわせておいてあとで笑いあおうという趣向に違いないよ。うん。そうに違いない。そうに決った」

「いくら、そうに決ったといったところで、そうではないのだからしかたがない」ターザンが笑いながら出てきた。「こいつらはほんとに人食い人種なんだよ。お前らは食われるのだ」

「なぜだ」悲鳴のようにそう叫び、男のひとりがターザンに怒りの眼を向けた。

「なぜおれたちが食われなきゃならないんだよう。あんた、おれたちを助ける義務があるんだぜターザン。何げらげら笑ってんだよ手前《てめえ》。さあ、早く助けろよ」

「馬鹿もの黙れ。甘ったれるんじゃねえ」ターザンが怒鳴りつけた。「ひとに助けてもらうのをあてにして何が探険隊だ。土人の太鼓が人食い人種のものかそうでないかの区別もつかず、携帯ラジオの鳴りもの入りでジャングルへ繰りこむような代《しろ》物《もの》は探険隊なんかじゃない」

「探険隊だからしかたねえじゃねえか」男が反抗的にわめいた。「ちゃんと政府にだって認められているんだぞ」

ターザンはにやりとして大きくうなずいた。「よく言った。探険隊なら、万一の場合、人食い人種に食われるのも覚悟の上でやってきたんだろうな。それくらいの危険があってこその探険だものな。観念して食われろ。けけけけけけけ」

「それ。ものども。引き立てろ」と、酋長が命じた。

ドンガガ、ドンガガ。

ドンガガ、ドンガガ。

泣き叫ぶ探険隊員たちを、あるいは手足を棒にしばりつけてかついだり、数珠《じゅず》つなぎにして引っぱったりしながら、人間狩りの一行が部落に戻ると、すでに広場には祭壇が準備されていて、その前では火がぼうぼうと燃えさかっていた。

「おお。われら誇り高き人食い人種ズンドコの守護神ピチカートスーダラよ」と、酋長が祭壇に向かって咆《ほ》え立てた。「ここに十年ぶりの生《い》け贄《にえ》を捧《ささ》げる。われらに繁栄と、勇気と、ええと、それから」酋長が頭を掻《か》いた。「ながいことやってないので忘れちまったよ」

広場の杭《くい》にひとりずつ縛りつけられた探険隊員の周囲を、土人たちが輪になって踊りはじめた。

顔色をなくしている隊員たちを指さし、酋長がよだれを垂らしそうな表情でターザンに訊《たず》ねた。「さて。誰から食うのがいいと思うかね。ターザン」

金髪のグラマーの傍《かたわ》らへ行き、腰をつまんで肉づきのよさを確かめてからターザンはうなずいた。「これがいいだろう」

「いや。いや」グラマーが泣きわめいた。「ほかのひとにして」

「お前たち。こいつを祭壇の前で焙《あぶ》れ」と、酋長が土人ふたりに命じた。「よく毛焼きしてから串《くし》刺《ざ》しにし、回転串で焼くのだ」

わたし梅毒よと叫びながら髪ふり乱してあばれまわるグラマーを十人ふたりがかりでつれて行くと、ターザンはもうひとり、肥《ふと》り気味の男の隊員を指さしていった。

「こいつは釜茹《かまゆ》でがいいね。スープはできているか」

「大釜の中で、味つけだけはした」と、酋長が答えた。「まだ煮立ってはいないが」

「スープがぬるいうちに抛《ほう》り込んで、だんだん熱くした方が苦しむから面白い」と、ターザンはいった。

「ひゃあっ。やめろ。やめてくれ」土人ふたりにかかえあげられながら、男の隊員がじたばたともがき、わめき散らした。「野蛮人め」

「おれたち野蛮人だよ」土人のひとりがふてくされてそういった。

「残りのやつは明日食う」と、酋長が叫んだ。「タロイモの倉庫を生け贄小屋にする。あそこへぶちこんでおけ。見張りを怠るんじゃないぞ」

「化けて出てやるわ」焔《ほのお》に包まれたグラマーが金髪を燃えあがらせながら、十人たちを睨《にら》みつけた。

「化けて出たら、また食ってやるさ」土人のひとりが言い返した。「おれたち、まだ幽霊を食ったことはないんだ」

「熱いよう。熱いよう」

大釜の中に抛り込まれ、スープから首だけ出して泣いている隊員のところへターザンが近づいていき、耳打ちした。「小便しろ。小便しろ」

スープの味をみにきた酋長が、柄杓《ひしゃく》のスープを口に含むなりげっと吐き出した。

「このスープは失敗だ。小便しやがった」

「大便までしています」スープ係りの土人が釜の底を柄杓でかきまわし、眼を丸くした。「なんて未練がましいやつだ。ひどい目にあわせてやるぞ」

「これ以上ひどい目にあわせようがないだろ」釜の中で泣き続けながら、隊員はいった。「命の続く限り、何回でも小便してやる」

「酋長。面白いぞ」ターザンが駈《か》けてきて酋長に耳打ちした。「生け贄小屋を覗《のぞ》きにいこう。どうせ明日は食われる身だというので、連中やけくその乱交パーティをおっ始めている」

「本当か」酋長がおどりあがった。「そいつは面白い。覗きにいこう。むきききききき」

「むききききき」

やがて時ならぬ大宴会に浮かれ立つ人食い人種の部落の広場には西日がさしこみはじめた。

酋長たちに別れを告げ、黄昏《たそがれ》せまる密林をジェーンの待つわが家へと戻りはじめたターザンは、いつになく上機嫌だった。

「これで明日もまた、あの連中の虐殺《ぎゃくさつ》の続きが楽しめるというわけだ」枝から枝へと蔓にすがってとび移りながら、ターザンは浮きうきしていた。「そして、それが終れば次は、あの土人たちの殺人行為を政府に密告《たれこ》んで、連中を逮捕してもらう。すると奴《やつ》らの死刑が、これまたたっぷり楽しめるという寸法だ。けけけけけけ」隊員たちの乱交場面を盗み見たため、ターザンは自分がひどく興奮していることに気がつき、げらげら笑った。「こんなに興奮したのは何年ぶりだろう。ジェーン、待っていろ。今夜は思いっきり喜ばせてやるからな」

（「PLAY BOY」昭和五十年九月号）

こぶ天才

虫である。

虫といっても地球でいう昆虫《こんちゅう》とはだいぶ違う。第一に大きさが違う。形は地球でブイブイと呼ばれているコガネムシ科の昆虫に似ているけど、大きさはそのブイブイの何百倍ぐらいになるのだろうか。とにかく体長が、小さいやつで約二十センチ、大きくなると三十センチくらいになるから、むしろ甲殻類といった方がいいかもしれない。その名はランプティ・バンプティ。

「ランプティ・バンプティがほしいんだがね」

その日も中年の男が店にやってきて、おれにそういった。服装を見るとうだつのあがらぬサラリーマン風である。

おれはかぶりを振った。「駄目だだめだ。あんたが自分で背負うっていうんだろ。

中年になってからランプティ・バンプティを背負っても効果はまったくないんだ。少なくとも十歳以下の子供じゃないとね」

「しかし、あいつはそのう」男は悲しげな眼でおれを見ながら、うろ憶《おぼ》えの知識を並べ立てはじめた。「蛋白質《たんぱくしつ》やRNAを合成するんだろ。だとするとその、脳の発達そのものはないとしても、少なくとも頭の回転は早くなるだろうし」

「それぐらいのことなら熟睡すればいいんだ。何も傴僂《せむし》みたいに不細工なスタイルをしてまでランプティ・バンプティを背負うことはない」おれはにやにや笑いながら普段喋《しゃべ》り馴《な》れた科白《せりふ》を早口でまくし立てた。「あんたみたいな人は始終やってくるから、おれはよく知ってるんだ。なんなら、あんたがなぜここへ来たか言ってやろうか。あんたの会社にもランプティ・バンプティを背負った社員がいる。あんたよりも若い社員だ。ランプティ・バンプティの機能が発見されたのは十五年ほど前だからね。しかもそういう若い社員は天才的な頭脳を持っている。学歴もいいし、仕事はあんたなどより二倍も三倍もよくできる。そいつらがどんどんあんたを追い越していく。あんたの将来の地位を横から奪っていく。あんたは先の望みを絶たれそうになっている。ランプティ・バンプティを背負っているやつが羨《うらや》ましい。たとえ眼で見ただけで頭の良さが示されるものではないというものの、背中がヘルメット型に盛りあがっているやつを見るだけで威圧感を覚えてしまう。そこであんたは今から背負っても手遅れだとは知りながら、恰好《かっこう》だけでもそいつら天才と同じスタイルになって他人を威圧したいと思いはじめた。たとえ頭の中身は今までと変らなくても背中に瘤《こぶ》があるだけで人はみな尊敬してくれるはずだ、信頼も得られるはずだと考えはじめた。奥さんも早くそうしろ、すぐにそうしろと急《せ》き立てる。それでここへ来た。そうじゃないのかね」

男の顔に血がのぼりはじめた。だがおれは構わずに喋り続けた。

「で、そういった連中がランプティ・バンプティを背負ったのちにどういう運命をたどったかも教えてやろうかね。なるほど背負った当座は皆から注目される。初対面の取引相手からは信頼され、社内でもこいつは前より多少は頭がよくなったに違いないと勘違いされていい仕事が貰《もら》える時もある。ところがいい仕事というものは、しばしば凡人の手に負えぬ難しい仕事であることが多い。仕事の量もふえる。そこで失敗する。なんだあいつは、ということになる。天才瘤《てんさいりゅう》を背負っていて凡庸であれば背負わぬ前は馬鹿《ばか》であったに違いないと思われ、以前よりも見下げた眼で見られる。これはしくじったと思いランプティ・バンプティを背からおろそうとしても、どっこいランプティ・バンプティは背負った数時間後から背中の組織と有機的に癒《ゆ》着《ちゃく》してしまい、触手の一本は脊椎骨《せきつい》に食いこんで脊髄の一部となり、それは脳の延髄にまでつながっているからもはや離れない。すでに人体の一部分になってしまっているんだ。外科的に切断しようとすれば本人まで死んでしまう。人間に寄生している限りランプティ・バンプティが死ぬことはないし、そいつは宿主が死ぬまで宿主の老廃物、つまりそいつにとっての栄養を吸収して生き続けるんだ」

「そういうことぐらい知っている」眉《まゆ》をしかめ、男は吐き捨てるように言った。「よく考えた末に来たんだ。動物学者でもないお前ら商人から、なぜおれがそんな説教をされなきゃならんのだ」腹を立て、次第に大声になって男は怒鳴りけじめた。「お前ら商人は金さえ出せばなんでも売るんだろうが。おれは金を持ってきた。ランプティ・バンプティを売れと言ってる。お前は黙って売ればいいんだ。そうだろうが」

「おれも最初のうちはそう思ってたんだよ」溜息《ためいき》とともに、おれは言った。「そう思って黙って売っていた。ところが、それがいけなかった。どいつもこいつも、自分たちが望んで買っておきながら、あとになってさもおれたちから強制的に売りつけられたかのごときおれたちに対する悪口をぶう垂れはじめたんだ。役に立たないものを売りつけたといって新聞に投書したり、果てはこの差別社会を生み出した元《げん》兇《きょう》はあいつらだといってテレビで演説をぶったりね。おれにだって社会生活があり職業上の誇りがある。自衛しなきゃならない。そこで最近では、あんたみたいな人たちだけに限らずどんな客にでも一応は売りしぶってみせる。自分たちが望んで買ったのだということを客の頭の中へ叩《たた》きこんでおく必要に迫られてのことさ。さらにまた、あとになって悔みはじめた時におれの言ったことを思い出し、自分に恥じてでない限りおれの悪口を投書したり演説したりできないようにするためさ」

男はやや気が鎮《しず》まった顔つきでおれをじっと見つめ、やがてぼそりと言った。

「信用しないかも知れないが、わしはあとであんたの悪口を言ったりはしないよ」

「そうかい。わかってくれたのならいいよ。じゃ、こっちへ来てくれ」おれは事務室の応接用肱掛椅子《ひじかけいす》から立ちあがり、細ながい通路の両側の金網を張った檻《おり》の中に数十匹のランプティ・バンプティがうずくまっている奥の部屋へ男を案内した。

「どうだい。不細工なものだろう。見るのは初めてかね」

「初めてだ」男は興味深げにハンプランド産の大型寄生虫を眺めまわした。「どれが上等かね」

「上等も下等もないよ。しいて言えば全部下等だ。こいつら下等動物は寄生してでないと生きていけない連中だけあって、宿主を見つけるまでは一年でも二年でも飲まず食わずでじっとしていることができる。ま、おれたちにしてみりゃ飼料の心配をしなくてすむからありがたいわけだ」

突然床にうずくまっていた背中の赤黒い一匹が大きな音を立てて金網にとびつき、うす汚ない触手だらけの腹面をこちらに向けた。

「ほら。宿主にできそうな大型動物が近寄ると、こんな具合にしてとびかかってくるんだよ。ところで、今のところはまだ大きさにたいした変りはないが、できるだけ大きなやつにするかね」

男は少し考えた。「役に立たなかった場合のことを考えれば小さい方がいいようだが、でも、どうせ同じくらいの大きさに成長するんだろ。だったら最初っから大きい方がいいな」

おれはうなずいた。「色は」

「色だって。そんなもの、何色でもいいよ。どうせ上からワイシャツと背広を着るんだ」

「そんなら、今とびかかってきたこいつにしよう」おれは吸いつかれないように注意しながらそのランプティ・バンプティを檻から出した。

「いくらだね」

おれが値を言い、男が値切った。

「こいつはこの惑星のどこにでもいるってもんじゃない。ハンプランド地方の、それも限られた二、三の地域にしかいないし、そこでしか繁殖しないんだ。濫獲《らんかく》されて数も最近は少なくなっている。まあ、少しは安くしてもいいが」商談が成立した。

「背負わせてやろう」と、おれはいった。「まっすぐくっつけないと、横にずらせてつけた場合死ぬまでずっとそのままになるから不恰好でもあるし、服を誂《あつら》える時に仕立屋が往生する」

「痛いかい」服を脱ぎながら男が訊《たず》ねた。

「二、三日、ちくちくするだけだ」

男はランプティ・バンプティを背負い、おれに代金を支払って帰っていった。

この惑星唯一《ゆいいつ》の植民地都市のはずれにあるおれの店へは、一日平均二、三人の客がやってくる。その日はもうひと組、母親につきそわれた五歳の男の子がやってきた。少年を引っぱって母親がやって来たと言うべきかもしれない。子供は泣きわめいていた。

「やだ。やだ。わあ。背中に瘤ができるなんていやだ。堪忍《かんにん》して。堪忍して。もっと勉強するからさあ。片輪になりたくないよ」

「天才になるんです。片輪になるんじゃありません。馬鹿だねこの子は。どうして片輪になることが、いえ、天才になるのが厭《いや》なの。泣かないって約束だったでしょ」

「泣いたらぶん殴るっていうからさ。泣こうがわめこうがどうせ瘤をつけるんだから同じだって言うからさあ」

「その通りです」と、大声で母親がいった。「お前のためなんだからね。フォードさんのお家のマックス君も山口さんちのツトムくんもみんな背中に瘤がついてあんなに勉強がよく出来るようになったんじゃありませんか」

「やだ。いくら勉強がよく出来ても、あんな恰好になるのはやだ。あれは傴僂だあ」

「まだわからないのか」ぴしゃり、ぴしゃりと母親の掌《てのひら》が子供の頬で鳴った。「なぜそんなに聞きわけがないんです。これからはね、瘤つきでないと大学へ入れないのよ」

だが、子供は泣き叫び続けた。

「まあまあ。奥さん」おれは見かねて横から口を出した。「見りゃあ賢そうな坊っちゃんだし、別に瘤をつけなくったって充分勉強はできるんじゃないのかねえ。そんなに小さいのに、可哀想《かわいそう》だよ」

「あなたはまた、わたしと一緒になってこの子を説得してくださるのかと思っていたら、それはいったい何を言い出すのです」母親が何かに憑《つ》かれたような眼でおれを睨《にら》みつけた。「できるだけ小さいうちにあの虫をくっつけた方が効果があるってこと、あなただってご存じでしょうが。早い方があきらめも早くつくんです。大きくなってからじゃ、よけい言うことを聞きやしませんよ」

「それそれ。それがいかんよ奥さん。やっぱり子供さんの意志だって尊重してやらなきゃあ」

「子供に何がわかるんです。わたしはこの子の母親ですよ。わたしがこの子の悪いようにするはず、ないでしょうが」彼女はまくし立てはじめた。「いずれは背中に瘤のある天才ばかりの社会になります。何もこの子が恥ずかしい思いをするようなことにはなりません。だって、誰だって瘤をつけているんですからね。何ですって。瘤をつけなくても充分勉強できるだろうですって。まああきれた。まああきれた。今の学校のことを何もご存じないのね。ほほほほほほ。瘤がないと完全に落ちこぼれるんですよ。天才瘤をつけてIQが二倍になった子供たちの中に混って、どこまでついて行けると思ってるんです。大学なんか、絶対入れやしないんだから」次第に眼が吊《つ》りあがり、声は限りなく悲鳴に近づいていった。「天才瘤をつけてさえ油断できないんですよ。あの子たちの間でもまた、激しい競争があるんですからね。やっぱり猛勉強しなきゃならないんです。こうしている間にも、もっと小さい時から瘤をつけた子供たちにどんどん差をつけられているんです。えええええ。九九のできない子なんて小学校に入っても皆について行けないんですから。あああああ
あっ。近所の子はもうみいんな九九ができるのよっ。どうするのっ」ヒステリックにそう叫び、彼女は子供の頰をつねりあげた。

「ぎゃあああ」子供がまた泣き出した。

「とにかく子供さんがそういう状態では、ランプティ・バンプティをつけてあげるわけにはいかんね」と、おれは言った。「無理やりくっつけたとしたら、息子さんは大きくなってからおれを恨むだろう。今だってもう、だいぶ大勢から恨まれてるんだから」

「いいえ」母親は胸をはった。「あなたを恨んだりはさせません。むしろ、偉くなれたのはランプティ・バンプティのお蔭《かげ》だといって感謝することでしょう。あの時のっけておいてよかったと思い、あなたやわたしに感謝するんですわ。そうに決ってます」

「ところが、ちっともそうに決ってないんだよな」おれは苦笑した。「たとえ偉くなったって、ランプティ・バンプティのお蔭だなんて思やしないんだよ。自分にはもともと偉くなれる能力があったと思うんだ。そして邪魔っけな瘤を憎み、自分の不恰好な姿を呪《のろ》う。たいていは自分をそんな姿にした両親と喧嘩《けんか》して家をとび出し、次はおれたち業者への攻撃を始めるってわけだ。それにまた、大勢の人間がランプティ・バンプティを背負ったためいっせいにＩＱが二倍になったとしようか。するともとも頭の悪い子はもともと頭が良かった子にくらべてその差も二倍にふえるって勘定だ。ＩＱ百と百十の差は十だけれど二百と二百二十の差は二十だもんね」

「何わけのわかんないこと言ってるんです。瘤がなきゃ差は百二十も開くんです。頭の悪い人ね」

「いやいや。まあ待ちなさいよ。母親のあんたにそういう考え方をしろという方が無理かもしれんが、これは何もこの坊やのことだけを言ってるんじゃない。ランプティ・バンプティを背負ったからといって必ずしも大学でいい成績をとり社会で成功するわけのもんじゃないってことを言いたかっただけさ。こういう連中はなおさらおれたちを恨むわけでね。その憎しみがどれだけ激しいものか、矢おもてに立たされたことのないあんたにゃわからんだろう。都心の老舗《しにせ》など、若い連中から爆弾を投げ込まれている。おれはそんな目にあうのはまっぴらだ。まあ、いったん帰っても一度子供さんとよく話しあってもらうことだね。二、三年もすりゃ子供さんだって自分なりの判断ができるようになり、あるいはその気になるかもしれないよ」

おれは喋り終えて肱掛椅子を立ち、自分の事務机に戻って伝票を調べるふりをした。

しばらくは唇を嚙《か》み、肩を顫《ふる》わせながらおれの方をじっと見ていた母親が、鋭い眼を息子に向けてぎゅっと睨みつけた。

呻《うめ》くように、彼女はいった。「この馬鹿が」立ちあがった。「こ、こ、この馬鹿。この馬鹿が。せっかくつれてきてやったというのに。ううう」きいっ、と怪鳥のような叫び声とともに両手の指さきをまむしに折り曲げて彼女はわが子にとびかかった。「お前が泣くから売ってもらえないんじゃないか。ええええええええ。この馬鹿。この馬鹿」子供の胸ぐらをとり、怒りにまかせて力いっぱい殴りはじめた。縁なし眼鏡が落ちそうになるほど眼球をとび出させていた。

「痛あい。痛あい」子供が泣き叫んだ。「助けて。助けて。おじさん。助けて」

母親は一瞬打擲《ちょうちゃく》する手をとめ、息をのんだ。「おじさん助けてだって。まあああ、この子は」きいと叫び、狂ったように息子を殴打《おうだ》しはじめた。「わたしはお前の母親なんだよ。何と思ってるの。ええええええ。この子は。この子は」

「ひい」あまりの痛さにたまりかね、ついにひと声大きく悲鳴をあげて子供が逃げ出し、ドアをあけてランプティ・バンプティのいる奥の部屋へとびこんだ。

「待て。待たないか」母親はスカートの裾《すそ》をひるがえして子供を追った。

「わ。そこへ入っちゃいかん」おれもあわてて二人を追った。

がしゃん、がしゃん、と、ランプティ・バンプティたちがいっせいに金網へとびついていた。母親は息子を奥の壁ぎわへ追いつめ、さらに殴りつけている。

「やめなさい」おれは振りあげた母親の手をつかみ、彼女の背中へねじりあげた。

「坊やが死んじまうよ」

「痛い痛い。何するんです」母親がもう一方の腕をふりまわし、おれの頬をいやというほどぶん殴った。

「何するんだ」おれはかっとして母親をつきとばした。

彼女はふっとび、檻《おり》の金網を破ってランプティ・バンプティたちの上へ倒れこんだ。破れた金網で彼女の服が鉤《かぎ》裂《ざ》きになり、露出したその背中を狙《ねら》って赤黒だんだらのランプティ・バンプティがとびついた。

「きゃあ。とって。とって」仰天して立ちあがり、彼女はあたりを踊り狂った。

「早くとって頂戴《ちょうだい》」

「檻の修繕が先だ」おれは破れめからとび出してきたランプティ・バンプティどもを檻に戻し、金網の補修をはじめた。

「くっついてしまう。くっついてしまう」母親は床にぶっ倒れ、背中のランプティ・バンプティをとろうとし、なま白い太腿《ふともも》を見せてのたうちまわった。「早くとって」

「なあに。あとしばらくは大丈夫だよ」釘《くぎ》を打ちながら、おれはわざとのんびりそう言った。「いっそのこと、あんたもつけたらどうかね」

「いや。いや」彼女はわめいた。「わたし女よ。女は馬鹿《ばか》でいいの」

「あきれたね。そんなことをいう女がいる限り、女の社会的地位は向上しないよ」

おれはゆっくりと母親に近寄り、彼女の背中へここを先途《せんど》としがみついているランプティ・バンプティに手をかけながら厭がらせに念を押した。「ほんとにとっていいのかね。せっかくだ。坊やと一緒につけたらどうかね。あんたもつけるというのなら、坊やだってあるいは一緒につけると言い出すかも知れんよ」

「いや。いや。いや。絶対にいや」

「自分がそんなにいやなものを、なぜ子供にくっつけるんだい」

ランプティ・バンプティを背中からひっぺがしてやった途端、彼女は立ちあがっておれに向きなおり、鼻息荒く宣言した。「わたしはあなたに暴行されました。訴えてあげますからね。まず、主人に電話をします。電話はどこにありますか」

毎度のことでこのての騒動には馴《な》れている。おれは落ちつきはらって彼女に電話のあり場所を教えた。彼女は亭主の勤務先へ電話した。

騒ぎはさらに小一時間続いた。すぐに亭主がとんでくる。女房のひどい様子を見て血相を変え、訴えるといきまく。おれは平気である。訴えるなら訴えろ。そのかわり同業者全部に電話してあんたたちにはランプティ・バンプティを一匹も売るなと言ってやるがそれでもいいかというと敵は急に気弱になり、訴えないからランプティ・バンプティを売ってくれと哀願しはじめる。ついに母親がいろいろな書類を机の上に並べはじめた。

「これが内科の先生の健康診断書。これは幼児知能教育研究所の試験結果による意見書です。この子には天才瘤《てんさいりゅう》が必要であるという偉い先生がたのご意見です。それからこれはランプティ・バンプティをくっつけてもらったことに対し、あとでいっさい文句はいわないという、主人と私の誓約書です。ほら。息子もここに拇印《ぼいん》を押していています」

どうせだますか押えつけるかして無理やり捺印《なついん》させたにきまっている。

「まあ、こういった書類は本来、おれたち商人に対してはなんの効力もないんだがね」そう言っておれは笑った。「よくわかったよ。そっちにも、おれが押し売りしたのでないことをよく記憶に刻みこんでもらえたはずだから、もう売ってあげてもいい。ただし、おれが力ずくで坊やの背中にくっつけることだけはお断りだ。そんなことをしたら、それこそ坊やの記憶に悪徳商人としてのおれの姿があとあとまで刻みこまれることになる。死ぬまで恨み続けられるのはご免だからね。ま、家へ持って帰って、坊やが眠っている間にでもやっちまってくれないか。おととい、この場ですぐに子供の背中へくっつけようとした両親が、泣きわめく子供をとり押えようとして大乱闘の末、子供に五針も縫う大怪我《おおけが》をさせたばかりなんだ」

父親が大きな虫籠《むしかご》をぶら下げ、母親がまだしくしく泣き続けている息子の手を引いて帰っていったあと、おれは事務机の引き出しからウイスキーの大瓶を出し、いつものように飲んだくれた。

それからさらに二十年、ランプティ・バンプティは売れ続けた。濫獲《らんかく》による個体数の減少で値はどんどんあがり、ついにはひと財産なければ買えないほどの高値を呼んだ。しかしこうしたなんとなく不自然な種類の物ごとというものはだいたいにおいて限りなくエスカレートし続けるものではない。二十年めのある日を境に突然ランプティ・バンプティを買う人間がひとりもいなくなってしまった。値あがりを見越して大量に買いこんでしまっていたおれはたちまち破産し、酒と女に入れあげていたお蔭で商売替えをする資本もなく、店を人手に渡してルンペン生活をはじめることになった。

そんなある日、市内の公園でベンチに腰かけ、安ウイスキーの小瓶を片手にちびちびやっていると、まだ二一歳をいくつも出ていないと思える若いルンペンがやってきておれの隣りに腰をおろし、話しかけてきた。

「爺《じい》さん。おれ、あんたを知ってるぜ」

「ほんとうは爺さんと呼ばれる歳《とし》じゃないがね」おれは若いルンペンの背中を見てうなずいた。「あんたのことは憶《おぼ》えていないが、しかしなるほどランプティ・バンプティを背負っているな。おれが売ったやつかね」

「そうだよ」

「では、おれを恨んでいるだろうな」

若いルンペンは陽気に笑った。「商人を恨んでいるやつはあまりいないと思うよ。親を恨んでいるやつならたくさんいるだろうがね。じつはおれもそうだったんだ。

十五歳の時に母親と大喧嘩して、そのあげく、とうとうぶち殺してしまった。刑務所行きさ。特赦で四日前に出てきたばかりだ。それより、あんたのその様子はいったいどうしたんだい。店はあれからあとも、ずいぶん景気よくやっているみたいだったけど」

「景気がいいのでいい気になっていたんだな。その報いで、ランプティ・バンプティが売れなくなったとたんにこの通りのざまだ」

「ランプティ・バンプティが売れなくなったということは知らなかった」若いルンペンが大声を出した。「いずれそうなるだろうと思ってはいたけどね。で、やっぱりあれかい、売れなくなった理由というのは、どこかに無理が出てきたからかい」

「うん。それもある」おれはうなずいた。「こぶ天才がふえすぎて、そのこぶ天才の中から社会的脱落者が出はじめたのもそのひとつだ。エリート教育を受けたやつはちょっとしたつまずきで自殺したり身を持ち崩したりする。また、あんたのように自分の姿を醜くした親や社会に対して反抗し、犯罪に走るやつも前以上にふえた。さらに、こぶ天才のほとんどが結婚不適格者であることもわかってきた。これはあんたにだって容易に想像できることだろうが、結婚相手のたいていの女性はむろん容姿を美しく保つためにランプティ・バンプティなど背負わなかった平凡な若い娘だ。一方こぶ天才たちは、これは職場でもそうなのだが、性格的に、自分より知能が下で能力が劣る人間を容赦できないという非寛容なところがある。ま、うまく行くわけないな。そこで離婚騒ぎがあい次いだ末、もともと容姿がよくないせいもあって女性から嫌われはじめたんだ」

「思っていた通りだ」若いルンペンが大きくうなずいた。「で、多少頭は悪くても瘤《こぶ》のない男性に稀少《きしよう》価値が出てきて、もてはやされはじめたわけかい」

「そうだ。それは職場でもそうだった。こぶ天才ときたら、同僚とは喧嘩する得意先の人間は怒らせる、上役の無能は糾弾する泣くわめく暴れる。そこで経営者たちは、これくらいなら天才でない方がましだと考えはじめた」

「しかし、仕事はよくできたんだろ」

「さあ。それが問題だ。仕事ができすぎたというのか、やりすぎたというのか、連中ときたらこの惑星植民地のそれまでの文化の進行速度というものをまったく勘定に入れず、次つぎと新発明の新製品を大量生産して市民の経済感覚を麻痺《まひ》させるわ、他の植民地や地球本土と馬鹿でかい取引をして経済侵略だと非難され評判を落すわ、ついには政界財界に贈収賄《ぞうしゅうわい》など日常茶飯事というよくない傾向を作り出した。ま、それは一時的に経済の繁栄を生んだわけだがそれも歪《ゆが》んだ繁栄で、やがて社会のひずみがあらわになり、失業者やインフレや倒産や疑獄事件を生み出した。いちばん決定的だったのは、政財界の中心人物である老人たちがこぶ天才どものやりかたに恐れをなし、いずれは自分たちの地位を奪われるのではないかという不安を抱いて、重要な地位にまでのしあがってきたこぶ天才たちを片っぱしから見捨て、冷遇し、左遷《させん》し、馘首《かくしゅ》しはじめた。つまり働かせるだけ働かせておいてお払い箱にしたわけだね」

「なるほどなあ」若いルンペンが笑いながら溜息《ためいき》をついた。「ではなおさら、おれなんかの行くところはなくなってしまったということだな。で、そのこぶ天才たちは今、どうしてるんだい」

「もともと頭はいいんだから医者になったやつは成功しているよ。高い診療費をとるために、こぶ医者などと呼ばれていてたいへんな悪評だがね。芸術家になったやつもいる。他にもこぶ弁護士、こぶ税理士など、自由業のやつはだいたいうまくやっているようだな。それからまた、大天才になろうとしてランプティ・バンプティを背中へ縦に二匹もくっつけたいわゆるフタこぶ天才のほとんどは、孤独な科学者になってマッド・サイエンティスト的な狂気の沙汰《さた》としか思えない実験や発明をくり返している。しかし何しろこの惑星植民地の五歳ぐらいから四十歳ぐらいまでの男性の約半数、人数にして一千万人強がこぶ天才だ。おまけに協調の精神皆無という連中だから集まって何かやるということもできない。子供を除けばルンペンになったやつがほとんどだね。酔っぱらったりあばれたりして市民に迷惑をかけている。こぶ公害ということばもできた」

「弱ったなあ。あははは」あまり弱った様子も見せず、天才瘤を背負った若いルンペンが苦笑しながら頭を掻《か》いてみせた。「おれ、どうすりゃいいんだい」

「あんたは、やけに陽気だね」と、おれは訊《たず》ねた。「どうしてだい」

「まあね」と、彼はいった。「おれは刑務所の中で悟りを開いたんだ。くよくよしたってしかたがないさ。さいわい知能は常人の二倍だから、生そのものを享受《きょうじゅ》できる感覚も二倍になっていて、だから楽天的でいられるのかもしれない。ま、今のところはまだ、自分にそう思いこませようとしてる段階だけどね。そうだ」彼は何か思いついた様子で、おれに向きなおった。「こぶ天才の中にはおれみたいに楽天的なルンペンもいるはずだぜ。そういう連中はどこにいるんだい」

「ヒッピーになった」と、おれはいった。「そうだ。あんた、あそこへ行きゃいいよ。そういうヒッピーが多くなってきたので、政府は寺院を作って連中をそこへひとまとめにして入れた。あの寺院の中ではあんたみたいな連中が好き勝手なことをしていて、観光名所にもなっている」

「ほう。それはいいな」若いルンペンは顔を輝かせた。「では、そこへ行こう。で、それはなんという寺院だい」

「ノートルダム寺院とかいうそうだ」そう答えてから、おれは首を傾《かし》げた。「なぜそんな名前をつけたのか、おれは知らないがね」

（「カッパまがじん」昭和五十二年一月号）

ヤマザキ

信長《のぶなが》が本能寺で死んだのは一五八二年六月二日、朝の六時頃だった。

そのころ秀吉《ひでよし》は岡山県にいた。備中《びっちゅう》の高松城を攻めていたのである。

秀吉が信長の死を聞かされたのは、翌三日の夜、午後の十時頃であった。京都から岡山までは約二百八十キロ、飛脚は、一日と十六時間でそれだけの距離を走ってきたということになる。

秀吉が本能寺の変報に接した時、傍《かたわ》らにいた幹部の黒田官兵衛《かんべえ》孝高《よしたか》は、秀吉にこういったという。

「さてさて、殿は天の加護を得られたものです。もはや何事も、心のままになることになったではありませんか」

これは「毛利家文書」「当代記」その他二、三の本に記載されているそうだが、どうもこの時点で、官兵衛がこんなことをいったとは思えない。

なぜかというとこの時秀吉は、いうまでもなく、毛利方の将、清水宗治《むねはる》の立てこもっている高松城を水攻めにしている最中だった上、高松城が危ういというので救援に駆けつけてきた吉川《きつかわ》元春、小早川隆景《たかかげ》ら毛利の大軍と睨《にら》みあっていたからである。毛利輝元《てるもと》までやってきている。だからこそ秀吉も、信長に援軍を求めていたのである。

ところが信長は、自ら援軍をひきいてやってこようとしている途中で、光秀《みつひで》に裏切られて死んでしまった。これがもし、現に睨みあっている毛利方に知れたらどうなるか。毛利方はしめたとばかり攻撃に移るだろう。そうなれば秀吉方の不利は目に見えているのだ。とても「天の加護」などと呑気《のんき》なことをいっていられた場合ではない。

「これは、極秘にしなければならん」秀吉はすぐに、そう叫んだ。「その飛脚は斬《き》り殺してしまえ。本能寺の変報が毛利方の陣にとどかぬよう、あらゆる道路を遮断《しやだん》しろ。光秀は必ず、毛利へ密使をやって、われに味方せよと檄《げき》をとばすにちがいないぞ。いや、飛脚がすでに到着したくらいだ。密使だって、もうそこいら辺に来ているにちがいない。その密使を毛利方へやってはならん。つかまえて殺すのだ。あらゆる間道にも忍びの者をはなって、網をはれ」官兵衛にそう命じた。

「ははっ。かしこまりました」

秀吉はその他にも、蜂須賀彦右衛門《はちすかひこえもん》、堀久太郎、浅野弥兵衛たちに次つぎと命令を出した。電光石火の指令である。

この対策が功を奏し、それからしばらくして光秀の密使がつかまった。

ちょうど梅雨どき、その夜は小雨が降ったりやんだりの闇夜《やみよ》だった。光秀の密使は、高松まではやってきたものの、どこが毛利の本陣かわからず、羽柴《はしば》方の陣屋の近くをうろうろしていたのである。

本の中には、秀吉がはじめて本能寺の変を知ったのは、この密使からとりあげた密書によってであり、もしこれが秀吉の手に入らず、予定通り毛利の手に渡っていたら、はたしてのちの天下統一がなしとげられたかどうかなどと書いているのもある。しかしこれは、話としてあまり面白すぎるから信用できないという説が多い。

密使が懐中にしのばせていた密書の内容は、やはり光秀から毛利方への檄であった。密使はもちろん、打ち首にされてしまった。

密使は、ひとりだけではなく、また密使以外にも本能寺の変を毛利方へ通報しようとした者はいた筈《はず》である。もちろんこれらも、みんな斬り殺されてしまった。情報に対する警戒網を完全に敷いてしまうと、次にいそがれるのは毛利方との講和条約の締結である。戦いをやめぬ限り、光秀を討つために京都へ戻ることができないし、時期が遅れては討ち損じるばかりか、天機が光秀方に傾いてしまうのだ。

和議の話は以前からあり、その方の担当をしているのは、羽柴方では蜂須賀彦右衛門だった。秀吉は彦右衛門を呼びよせて訊《たず》ねた。

「毛利方がいってよこした条件というのは、どういうものであったかな」

「は。毛利方では、備中、備後《びんご》、美作《みまさか》、因幡《いなば》、伯耆《ほうき》の五カ国を譲るかわりに、高松城の城主清水宗治ならびに城兵たちの命を助けてやってほしいと申しきております」彦右衛門はすらすらとそう答えた。数日前、毛利方よりこの申し入れがあって以来、彼はそのことばかり考えていたのだ。「ですから、この条件さえのめば、すぐにも講和は成立いたしますが」

「いや、それはまずいな」秀吉はしぶい顔をした。「講和をいそぐと、毛利は不審の念を抱くだろう。なぜ急にそれほど和議をいそぐのか、こちらの事情をさぐろうとするに違いない。そうなっては条約の締結がますます遅れ、へたをすると本能寺のことまで知られてしまうおそれもある」

「おおせの通りでございます。しかしわれらとて一刻も早く京都へ立ち帰り、光秀めを討たねばなりません。さもなくば光秀め、近畿《きんき》方面の武将をことごとく部下にして、その勢力を固めてしまいましょう。そうなればわれらは近畿勢と中国勢の両方からはさみ撃ちにされてしまいます」彦右衛門はいたたまれぬかの如《ごと》く溜息《ためいき》をついた。「あああ、こうしている間も、時が惜しまれてなりません」

「あせるな。だからといって、せっかく窮地に陥《おとしい》れた毛利方と、みすみすこちらに不利な条件ばかりで条約を締結することはできないではないか。だいたい、あちらが譲ると申し出ている五カ国は、ほとんどが目下係争中の土地だ」

「ああ、それはたしかに左様で」

「よし」秀吉は腕組みした。「貰《もら》い受ける土地は、備中、美作、伯耆、その三カ国だけでいいということにしよう」

「えっ」彦右衛門は怪訝《けげん》そうに秀吉の小さな顔を眺め、たるみ加減の頰をややこわばらせて言った。「それでは、毛利方の提出した条件を、より緩和してやることになりますが」

「まあ最後まで聞け。そのかわりにだ」秀吉はいったん口もとを皺《しわ》だらけになるほどひき締め、やがて決然としていった。「そのかわりに、高松城城主清水宗治の切腹、この条件だけは絶対に譲れぬといえ」

「ははっ、かしこまりました」

彦右衛門は、秀吉が陣中の居室にしている持宝院の一室から、いそいでひきさがっていった。

惜しい武将だが、と、秀吉は思った。しかし撤退のたてまえとしては、それに釣合う重さがあると考えられる宗治の死が、どうしても必要だったのだ。

両軍の講和の斡旋《あっせん》にあたっているのは、安国寺恵瓊《えけい》という僧であった。

この僧は毛利方の陣僧であり、また彦右衛門がまだ蜂須賀小六と名乗っていた頃からの知りあいでもあったから、仲介者として適役だったのである。彦右衛門はその夜、おそらくは夜中の十二時か四日の午前一時ごろと思えるが、毛利方の陣に参謀の資格で加わっている恵瓊に使いを出した。「講和の条件のことで至急お目にかかりたい」という文面の手紙を持たせて。

「はて。こんな深夜に。何をそんなにいそいでいるのだろう」首を傾《かし》げながらも、恵瓊はすぐに石井山の麓《ふもと》、持宝院内にある彦右衛門の陣所へやってきた。

陣所の一室で恵瓊と対面した彦右衛門は、さっそく秀吉の提案を示した。あせっていることを悟られてはもともと子もないから、平静な態度を保っていなければならぬ上、相手にいそがぬ話だからと思われ、交渉がまたもながびいたり物別れになったりしてもいけないわけである。

さらにその上、さほどいそがぬ話なのに、なぜ深夜に呼び出したかその理由も辻褄《つじつま》があうように説明しなければならない。

彦右衛門は冷汗をかきながら交渉を進めた。「と、まあ、こういう条件を、さきほど殿が出されたのでござる。これは和議成立に一歩近づいたわけでござろうが。で、拙者、善はいそげとばかり、深夜にもかかわらず、かくは貴僧をお呼び立てした次第。殿のお気持が変らぬうちにと存じてな」

胸中の不安を隠すため、彦右衛門はいくぶん浮きうきした口調でそう語り、恵瓊の共感と歓《よろこ》びを求めたのだが、恵瓊はそんな彼を疑い深い顔つきでしばらく眺め続けた末、やがてぼそぼそと気乗りせぬ調子で喋《しゃべ》りはじめた。

「おことばではございますが、そのご提案、拙僧にはどう考えても和議成立に一歩近づいたものとは思えません。清水宗治殿の助命は毛利方からの第一の条件として提示してある筈でございます。宗治殿が忠節無比、当代稀《まれ》な硬骨の武将であることはあなた様もご存じでございましょう。だからこそ毛利では、たとえ中国の何カ国かに代えても宗治殿のお命だけは失うに忍びぬと、左様申しておるのです。問題はもはや、お譲りする領土の多寡《たか》ではございません。宗治殿の助命、ただそれだけです」

いかに彦右衛門の旧友とはいえ、恵瓊は毛利方を代表する使節である。とても毛利で快く承知する筈がないと思える条件を示され、それをそのまま口うつしに告げに帰るわけにはいかない。

また彦右衛門としても、恵瓊が乗り気になってくれぬ以上は、たとえ彼を使者に立て毛利方の返事を求めたところで、おそらくは時間の無駄になるだけであって埒《らち》があかないのである。彦右衛門、はたと困ってしまった。このままでは、またも会談が物別れに終ってしまいそうである。

「いったい、宗治殿の助命をそれほど迄《まで》に願っておられるおかたは、どなたでござるか」

「第一に総大将、輝元様でございますが、もとより家中一心たれとは元就《もとなり》様以来の毛利家の家訓、輝元様のお志は家中全体のお志でございましょう」

「ふうむ」彦右衛門は考えこんだ。

時間は刻刻と過ぎて行く。彼の皺の多い額には焦《あせ》りと苦悩の色がもはや隠しようもなく、ありありと浮んでいた。

どこかで鶏が鳴いた。

もうすぐ夜が明ける、そう思うと彦右衛門、とても黙ってじっと坐《すわ》っていることができない。

「戦局は、毛利方には勝ちめがないのでござるぞ」彼の額の中央を、透明のあぶら汗がつうとひと筋流れた。「じつは、こ、この機をおいて、和議成立の機会はほかにない。ほかにないのでござる」身もだえしているような口調だった。

「ははあ。それはまた、何故《なにゆえ》でございましょう」恵瓊の胸に、ふと不安感が浮びあがった。彼の悲痛な表情を見、彦右衛門が真剣に毛利家のことを心配してくれているよう感じられたからである。「何ゆえそのように講和をいそがれますのか。何か理由がおありのようでございますが」

「軍の機密ゆえ、お話し申さぬつもりでござったが、しかし、他ならぬ貴僧にだけなら」彼は救いを求めるように窓の方を眺めてから、やがて早口で喋りはじめた。

「殿には、もしこの提案に毛利方のご賛同が願えぬとあれば、もはや和議の要なし、ただちに、こ、攻撃に移ると」

「あ」恵瓊は顔色を変えた。ではすでに信長の援軍はそれほど近くにまで迫っていたのか、そう思ったのである。と同時に恵瓊は、彦右衛門が最近、彼の野武士時代からは考えられぬほどの平和主義者に変ってきていることも思い出していた。

「わかりました」考えこんでしばしの後、恵瓊は顔をあげた。「愚僧、もういちどだけ毛利を説いてみましょう。説き伏せ得るや否《いな》やはわかりませぬが、力の及ぶ限りは」

「おお、ではお骨折り願えますか」彦右衛門は深ぶかと頭をさげた。そうせずにはいられなかった。「この通り。こ、この通りお願いいたす」

安国寺恵瓊が馬をとばし、吉川元春の陣屋がある岩崎へ去って一時間後、しらじらと夜が明けはじめた。

「ああっ、夜が明けてきた」彦右衛門は気が気でなく、東の空を眺めては持宝院の境内をいらいらと歩きまわった。

明くれば四日、本能寺の変以来ちょうど二昼夜が経過したわけである。その間、光秀が諸将と和を結び、着着と勢力を固めつつあるだろうことは、途中で奪い取った毛利への密書を読めば充分想像できるのだ。当然近江《おうみ》や美濃《みの》などは彼の勢力圏内に入ったであろうし、越後の上杉、丹後の細川父子、郡山《こおりやま》の筒井らは明智《あけち》と縁が深いから、すでに彼の麾下《きか》に馳《は》せ参じている筈である。

「どうなることとか」落ちつこうとするのだが彦右衛門、どうにもじっとしていることができない。

ふらふらと書院への杉戸口までやってくると、不寝番の小姓が小姓溜《だま》りで眼をくわっと見ひらいていた。福島市松である。

「おお、市松。殿はいかがなされておる」

「はい。もちろん、ぐっすりとおやすみになっておられます」

「おやすみか」彦右衛門は渋面を作った。

まだ朝の六時にはなっていないから、秀吉が眠っているのは当然といえた。だが彦右衛門にしてみれば、自分が眠れぬほど苛立《いらだ》っているわけだから、つい、よくまあ、こんな重大な時に、のんびり寝てなどいられるものだと、尚《なお》さらいらいらしてしまうのである。といって秀吉を起し、恵瓊との交渉の模様を話したところで、肝心の毛利方の返事がまだきていないから、秀吉にしたところで手の打ちようがない筈である。

「うむ。恵瓊、おそいな」彦右衛門はまた境内へ戻り、ぶつぶつつぶやきながら歩きまわった。

吉川元春のいる岩崎までは一里、小早川隆景の陣屋がある日差《ひさし》山の中腹までは二里もあるから、いくら馬をとばしてもそんなに早くは行けない。輝元との相談にも時間がかかるだろうから、遅くて当然とは思うものの、待つ身の彦右衛門にしてみれば一時間が二時間にも三時間にも、半刻《はんとき》が一刻にも二刻にも感じられて気が気ではない。

六時過ぎ、やっと恵瓊が戻ってきた。

「おお、恵瓊、首尾はどうであったか」彦右衛門は山門に走り出てそう訊ねた。

恵瓊の顔色は冴《さ》えなかった。「ことばを尽して説得にあたりましたが、不調でございました。もはや愚僧の力ではどうにも」彼はがっくりとうなだれた。

「そ、そうか」彦右衛門は唇を嚙《か》んだ。「よし、こうなれば殿に直接会っていただくよりほかあるまい。恵瓊どの、ご足労ではあるがちょっとこちらへお越しくださ
れ」

彦右衛門は恵瓊とともに、また杉戸口までやってきた。「これ市松。殿にお会いしたいから、左様お伝えしてまいれ」

市松は眠そうな眼をしょぼしょぼさせた。「ですが殿はまだ、おやすみに」

「何を申しておるか」彦右衛門は声を大きくした。「そなたも最古参組の小姓であろう。ならば昨夜来の事態の切迫、理由は知らずとも身には感じておる筈、早う行って殿をお起ししてこい」

「はっ。それでは」市松はすぐ、奥へ小走りに去った。

ふたりが書院で待っていると、ほどなく秀吉が起きてきた。充分寝足りたためか、すっきりした顔つきである。

「毛利方では、宗治を殺せぬと申すのか」彼はさっそく恵瓊にそう訊ねた。ふたりの顔色を見てすぐ、談合の不調を知った様子である。

「は。彼を殺したのでは毛利家として武門が立たぬと、左様申されました」恵瓊が力なく輝元の返事を、もういちど秀吉にくり返した。

もはや絶望的、といったふたりの表情を秀吉は見くらべた。だが秀吉自身は、まだまだ絶望とは思っていない。何やら考えがある様子で、彼はしばらくのんびりと庭を眺めた。

（あ。またものんびりと）そう思い、彦右衛門がいらいらしたのはいうまでもない。

「恵瓊。それではおぬしに頼みがある」と、やがて秀吉はいった。

「は。この上まだ拙僧に何か」

「働いてもらわねばならんのはこれからだ。ただちに高松城へ行き、宗治を説いてもらわねばならんぞ」

「え。それでは拙僧が、直接宗治殿に切腹をすすめるのでございますか」

「それ以外に方法はあるまい。毛利家の方から家臣の彼に切腹を命じにくいのは当然だ。だから宗治を直接説き、彼の自決が毛利家を救うことになるということを教えてやってくれ。忠義な宗治のことだ。喜んで腹を切るだろう」

なるほど、と、彦右衛門は思った。どうして毛利のことばかり考えて、宗治を直接説くことに気づかなかったのだろう、たとえ毛利が承知しなくても、宗治さえ死んでしまえば充分撤退の口実になるではないか。そうなれば毛利方としても、異議を立てる必要はなくなるわけである。

「つらい、まことにつらいお役目にございます」恵瓊はうなだれた。「だが、参りましょう。それより他に方法がないとすれば」

「おお。行ってくれるか」秀吉はにっこり笑った。

午前七時になっていた。

石井山にある秀吉の本営から数町はなれた蛙《かえる》ノ鼻という村は、秀吉が作らせた長い堤防のはずれにあった。七時を十数分過ぎた頃、この蛙ノ鼻から高松城に向けて、恵瓊の乗った小舟は漕《こ》ぎ出された。

高松城は満満たる黄灰色の濁水の中に、一孤島の如《ごと》くぽつんと浮んでいた。

この、高松城水攻めの案は、秀吉が考え出したものとも、また幹部のひとり黒田官兵衛孝高の提案であったともいわれているが、どちらにせよこれは高松城付近の地勢をくわしく調査した結果、決行された作戦であった。

高松城というのはもともと、わずか四メートルばかりの丘の上に作られた平城で、すぐ傍らを足守川《あしもり》が流れていた。そこで秀吉方は長い堤防を築いてから、その中へ足守川の水を流しこみ、城の周囲を水浸しにするという戦法をとったのである。

堤防工事は五月八日から始められ、城の西北方にある門前町から、東南方の蛙ノ鼻まで約四キロにもわたって築きあげられた。底辺約二十二メートル、高さ約六メートル、堤防上部の幅だけでも約十一メートルという巨大なもので、短時日で完成したにしては、当時としておそろしく大規模な土木工事だったのである。人を使うことにかけては天才的な手腕を持つ秀吉だったればこそできたことだったのだろう。

梅雨だったので、足守川の水嵩《みずかさ》は増していた。この水を堤防内へどっと流し込んだものだから、たちまち高松城は水にとり囲まれてしまった。秀吉はこの人造湖の岸へ数十メートル置きに見張りを立たせた。救援物資さえ届かなくなり、城は孤立した。二十五、六日ごろには城内の町屋にまで水がきて床の高さを越し、恵瓊がやってきた時には、すでに食糧もなくなってしまっていたのである。

八時半ごろ、恵瓊が高松城から戻ってきた。

「おお恵瓊殿、どうであった。宗治殿には、切腹を承諾なされたか。それとも否か」もはや本陣でのんびり待ってはいられず、蛙ノ鼻までやってきて恵瓊の舟が戻るのを待ちかねていた彦右衛門が、水際《みずぎわ》へ駆け寄ってそう叫んだ。

「もちろん、至極あっさりとお受けになりました」

彦右衛門の顔がぱっと明るくなった。「おお、そうか。それは」

よかった、と言いかけて彼は口を閉ざした。恵瓊の沈痛な表情を見たからである。宗治のような忠節無比の武将に、「お家のため」「城兵や町民のため」といったことばを振りかざして自決をすすめるのは、さぞ辛《つら》かったろうと思い、一瞬今までの苛立ちも忘れて彦右衛門は恵瓊に同情した。考えてみれば宗治のように立派な戦国武将が、そういわれて切腹を拒んだりする筈《はず》はないのである。

「ご苦労でござった」そらぞらしさを自分で感じながら、彦右衛門はまた頭を下げた。

清水宗治が水の上に浮べた小舟でみごとに切腹した話は、戦時中の小学校の教科書にも載っていたくらい有名な話である。秀吉が指定したその時刻は、おそらく午前中であったと思われる。もっとも未《ひつじ》の刻（午後二時）となっている史料もある。どちらにしろ、自決の用意や何やかやにある程度の時間はかかっているだろうから、正午近くであったろう。

彼の自決により、城中五千の命は救われ、和議は成立した。

宗治の首を見るなり秀吉は、毛利家と誓紙を取り交わした。毛利家でも、宗治が自ら死を選んだとあっては、彼の死を無駄にしないためにも、和議の調印をこばむことはできなかったのである。

「毛利家の起請文《きしようもん》を受け取った以上、ここに長居は無用でございますぞ、殿」と、彦右衛門は秀吉に進言した。「一刻も早く京に向けて立ち帰り、明智勢との決戦を」

「まあ、待て待て。そのようにいそいではかえってまずい」秀吉は、やきもきしている彦右衛門をにやにや笑って眺めながら、ゆっくりとかぶりを振った。「だいいち、堤防の堰《せき》をまだ切っていないではないか。立つ鳥あとを濁さずというのに、あのように満満たる濁水をそのままにして引きあげるわけにはいかん。そうであろうが」

「とは申せ、もはや各方面の警戒網を解いてしまった今、毛利方が本能寺の変を知るのは時間の問題です。いかに和議を結んだとはいえ、それを知られたのでは誓紙も反故《ほご》同然、もしも撤退の最中に追い討ちをかけられたら、こちらは三万、敵は四万数千から五万、厄介なことになります」

だが秀吉は、笑ってうなずいているだけである。堰を切る、堰を切ると口では言いながら、その命令も、いっこうに出そうとはしない。

時間は刻刻と過ぎ、夕方が近づいてきた。

午後五時、彦右衛門が顔色を変え、またもやあたふたと書院へ駆けこんできた。

「と、殿。毛利方の様子が変です。きっと信長公の死を知り、はかられたと思って騒いでいるに相違ございません」

「ふん。おそらくそうであろうな」

「あっ。なんとまた悠長な。そのようにのんびりしておられてよろしいのですか」

「のんびりは、しておらん」

事実この時刻、毛利方では信長の急死を知り、軍議がまっ二つに割れていた。

「秀吉は信長の死をかくし、われわれをだました。ただちに秀吉を討つべきである」

という意見、そして「しっかり持ち国を守ることに重点をおけとは祖父元就公の遺訓、この際羽柴勢を追撃することは好ましくない」という意見である。議論は果てしなく続いた。

この日秀吉は、あまり彦右衛門が急《せ》かすので堤を切り、水をおとした。轟轟《ごうごう》と音を立てて洪水は流れ去った。そのかわり、あたり一面が泥沼のようになってしまった。

「と、殿っ。あのありさまでは、人馬が進めません」と、彦右衛門が報告した。「それ見ろ。お前が急かすからだ」秀吉はくすくす笑った。「まあよい。そのかわり毛利勢も、攻撃や追撃をすることができなくなったわけだ。こうなれば、しばらくはこのままここにいるより他あるまい。お前もちと、のんびりして、今夜はゆっくりと寝《やす》め」

彦右衛門は、しかたなく引きさがった。その夜の彦右衛門が心労と苛立ちでよく眠れなかったことはいうまでもない。

かくて五日の朝になった。

昼過ぎになっても秀吉がまだ起きない様子なので、たまりかねた彦右衛門、自分ひとりではまたはぐらかされてしまうと思い、今度は黒田官兵衛を誘って一緒に書院へやってきた。

「どうだ。水は引いたか」秀吉があらわれてのんびりと訊《たず》ねた。

「まだ完全には引いておりません」と、彦右衛門はいった。「しかし、道路の状態がたとえどうあろうと、今日こそはご出発いただきませんと大変なことになります」

「どう大変なのだ」

「言わずと知れたこと。先程着きました飛脚の手紙によれば、案の定、光秀めはすでに近江に入ったそうでございます。佐和山城、長浜城、さらに安土《あづち》城が落ちるのも、もはや時間の問題かと」

「お前のような言いかたをすれば、なんでも時間の問題になってしまう」秀吉は苦笑した。「だからどうしろというのだ」

「ご出発に先立ち、せめて、ご上洛《じようらく》の道筋にあたる高槻《たかつき》の高山重友《しげとも》、茨木《いばらき》の中川清《きよ》秀《ひで》らが光秀方に走らぬよう、書状でもって押さえておかれましてはいかがかと」

「手紙を書くまでもあるまい。電話をかけよう」秀吉は机の上の受話器をとりあげた。「茨木城の中川につないでくれ」

ほどなく中川清秀が出た。「もしもし」

「中川殿か。羽柴だが」

「いかがなされた。本能寺の異変のことはお聞き及びか」

「存じておる。だが、ご安心願いたい。信長公は明智の難を無事に切り抜けられた」

「ほう。左様か。やれやれ、よかった」

「うん。大津の膳所《ぜぜ》まで退《ひ》かれたそうな。拙者も、これから戻るところだ」

「今、どこにおられる」

「備前の沼まできたところだ」

もちろん、すべて偽りである。信長の死を秘密にし、中川清秀が明智方に加わるのを防ぐための嘘《うそ》であった。このことは「浅野家文書」「秀吉事記」「松井家譜」「梅林寺文書」等に記載されている。なお、高山重友に電話しなかったのは、どうせ中川清秀が隣国の高山に電話する筈と考えたからであろう。

「ところで彦右衛門」受話器を置きながら、秀吉はいった。「新幹線は、もう岡山まで来ているか」

彦右衛門が困った顔でもじもじしていると、黒田官兵衛が横からいった。「はっ。先ごろより通じております」

「では岡山駅まで行って、京都までの切符をすべて買い占めてまいれ」

「されば」官兵衛はなぜか浮きうきと膝《ひざ》をすすめた。「岡山発はすべてひかり号にございますれば、ひかり号の座席券を買い占めて参りましょう。されど新幹線の座席券は前売りでござれば、当日券はもはや残りも少ない筈、三万枚の切符を買うとなりますと本日、明日、もしかしたら明後日の分まで買わねばならぬやも知れませぬが」

「分乗になるわけだな。もちろんそれは、しかたがあるまい。いそいで購入してまいれ。そして宇喜多忠家《ただいえ》、羽柴秀勝《ひでかつ》の二隊を先発隊として今日の新幹線に乗せてやれ」

「ははっ。心得ました」官兵衛はいそいで持宝院を出ていった。

「で、殿はいかがなされます」と、彦右衛門が訊ねた。

「われわれは明日のに乗ろう。はははははは。またそのような顔を」秀吉は電気剃刀《かみそり》を出した。「コンセントはどこだ」

彦右衛門がもじもじしているうちに、秀吉はにやにや笑いながら部屋を見まわして隅のコンセントを勝手に見つけ、鬚《ひげ》を剃《そ》りはじめた。

「何をしておる。そんなにいらいらするのなら、近所の運送屋を全部呼んで、兵糧《ひょうろう》や武器をトラックで運ばせる手配でもすればどうか」

「ははっ」彦右衛門は首をかしげながらも、いそいで去った。

翌六日の午前四時。黒田官兵衛が手配しておいたらしい備中交通のハイヤー数台が持宝院の門前に着いた。秀吉は小姓たちとこれらに分乗し、泥沼のような道路を国鉄吉備《きび》線沿いに走り、吉備津、備前一宮、大安寺、備前三門の各駅を経て新幹線岡山駅に着いた。

駅のがらんとした広い構内に、紋服、裃《かみしも》姿で駅長や助役が秀吉を出迎えていた。なぜかおどおどしている。

徹夜で彼らと話しあっていたという官兵衛が、ぷりぷりして秀吉に報告した。

「どうしても今日、明日だけでは全員の席がとれないそうです。この分では、自由席の車輛《しゃりょう》にぎっしり立たせたとしても、完全撤退には四、五日かかります」

「国鉄は、どうしてそれくらいの融通をきかすことができんのか」秀吉が駅長たちを怒鳴りつけた。

「申しわけございません」駅長がフロアーにべったりと額をこすりつけた。「これもわたくしの不徳のいたすところ。国鉄を代表してお詫《わ》び申しあげる」彼はすぐに、その場で切腹した。

駅長を慕ってそのあとを追おうとする助役や改札掛を、彦右衛門と官兵衛がけんめいに説き、やっと思いとどまらせた。

岡山駅から出るひかり号の始発は六時五分だったが、秀吉たちはこれに乗らず、本隊を次つぎと先へ乗せた。岡山駅が軍馬でごった返しはじめたため、整理する必要があったからである。秀吉たちが乗りこんだのは結局、十三時五分発のひかり66号だった。

「毛利の連中、やはり追撃を中止したらしいな」ビュッフェで昼食をとりながら、秀吉が笑った。

「だまされたと知った時は、さぞ口惜《くちお》しかったことでございましょう」官兵衛もそういった。

彦右衛門も、ややほっとした表情ではあったが、まだ落ち着きなくあたりをきょろきょろ見まわしていた。

岡山駅を出てしばらくの間、山陽新幹線は国鉄山陽本線と平行して走る。東岡山駅を過ぎ、南方を越した頃、車内燈《しゃないとう》が消えて列車は急に停ってしまった。

「何ごとだ。乗って五分とは経《た》っておらぬというに」官兵衛がわめいた。

「停電でございます。近くの変電所に事故があった模様にて」車掌がとんできて、床にべったりと手をつき、平伏した。「しばらく、今しばらくお待ち下さりませ」

「新幹線は、よくこれをやるのでござる」官兵衛が顔をしかめて秀吉にそういった。

三時間経ち、四時間経ってもひかり号は動かない。

「いったい、どうする気か」官兵衛がまた叫んだ。

さっきの車掌が、こんどは白装束でビュッフェにあらわれ、床に正坐《せいざ》して一礼した。

「わたくしの不徳のいたすところ。腹を切ってお詫び申しあげます」彼はみごとに腹をかっさばいた。

ビュッフェのコックが、しかたなく介錯《かいしゃく》した。ウェイトレスたちが車掌の死骸《しがい》にとりすがって泣きはじめ、中のひとりがフォークで咽喉《のど》を突いて彼のあとを追った。

「ここはまだ岡山県であろう」と、秀吉がいった。

彦右衛門があわてて答えた。「ははっ。備前の上道郡《じょうとう》にございます」

「なんだ。それなら沼城の近くではないか。しかたがない。今夜は沼で一泊しよう。わしはもう、疲れた」

一行は停車したままのひかり号から降り、備前の沼にやってきて分宿した。岡山駅の方向からは後続の連中が、あるいはトラックで、あるいは馬で、ある者はタクシーで、ある者は徒歩で、次つぎと国道2号線をやってくる。そのまま沼を通過して先を急ぐ隊もあった。

この夜半から、猛烈な暴風雨がやってきた。

沼に泊った一行が眠れぬ一夜を明かすと、先発隊からの伝令が報告に戻ってきた。

「姫路までの途中の川が氾濫《はんらん》して、堤が決潰《けっかい》寸前です。ご出立を延期された方が安全ではないかと存じますが」

「延期するかしないかはこっちで決めよう」と、秀吉はいった。

とにもかくにも、岡山交通のタクシーを数台呼んで分乗し、ふたたび岡山駅まで引き返す。さいわい新幹線は動いていた。一行はまたもひかり号に乗り込んだ。

昨日途中下車した沼のあたりも過ぎ、福岡の渡しまでやってくると、伝令が言った通り吉井川の水嵩《みずかさ》が増していて、堤防があちこちで決潰しそうになっている。鉄橋の手前で、ひかり号はまたも停車した。

「水が減るのを、しばらくお待ちいただけませんか」グリーン車に乗っている秀吉たちのところへ、初老の車掌がやってきてそういった。

彦右衛門が何か言おうとした時、官兵衛が怒鳴りつけた。

「ならん、ならん。今日こそはどうあっても行かねばならんぞ」

「でもございましょうが、これは何ぶんにも国鉄の新幹線指令室から出された指令にございますれば」

「つべこべ申すな。早う車を動かせい」面倒とばかり、官兵衛は立ちあがりざま陣刀をずらり引っこ抜いて老車掌に切りつけた。

「げっ」眉間《みけん》を割られて車掌は一瞬のけぞり、制服を朱《あけ》に染め、傍らの新婚夫婦らしい一般乗客の膝の上へ倒れ込んだ。

誰かが運転室へ行って運転士を脅したらしく、ひかり号はまた走り出し、吉井川を無事に越えた。

スパナを握った若い車掌が血相を変えてグリーン車に入ってくるなり、官兵衛に殴りかかった。「にっくきは父の仇《かたき》。覚悟」

った。

「うぬ。何を小癪《こしやく》な」官兵衛はこれも一刀のもとに斬《き》り伏せ、返り討ちにしてしまった。

帆坂トンネルを出てからも、行く先ざきで川が氾濫していた。千種川や、また相生駅を出たのちも、林田川や大津茂川が決潰寸前だった。川へさしかかるたびに列車は急停車し、官兵衛がそのたびに車掌を成敗し、そのほか仇討ちとか切腹とか、車内での小戦闘とか何やかやと揉《も》めごとがあったため殊《こと》の外時間がかかり、姫路へ到着したのはもう午後もおそくなってからであった。

姫路の少し先にある市川という川がとうとう決潰したという先発隊からの報告があったため、秀吉の一行は予定を変更して姫路で下車し、北条にある姫路駅から北へハイヤーをとばして姫路城に入った。いうまでもなく、この姫路城は秀吉の居城である。「秀吉事記」などにはこの七日の日のことを、大雨、大水を冒し数カ所の大河を渡って姫路に帰ったが、この日の行程は二十余里、部下の将兵はまだ帰着しないものが多かったと記載している。

また「川角太閤記《かわすみたいこうき》」によれば、姫路城へ帰った秀吉は、在庫の金銀、米銭を、部下、組下の将兵に対し身分に応じて分配したとなっている。これはおそらく八日のことであろう。

姫路城へ帰って、なんとなくほっとしたような気になっていた彦右衛門も、八日の夜になって秀吉がまだ姫路城を発《た》つ気配を見せないため、またもやいらいらしはじめた。ところが九日の朝になり、秀吉はまた予定を変更するといいはじめたのである。

一行は朝の六時三十八分、姫路駅からまた新幹線に乗り、今度は新神戸駅で七時六分に下車した。

ここで秀吉たちと別れた一隊は、タクシーに分乗して神戸港へ行き、八時半発の関西汽船で淡路島に向った。約二時間で洲本《すもと》に着く。海岸にある洲本レストハウスで甲冑《かっちゅう》を身につけた一隊は、光秀方の武将菅平右衛門のたてこもる城を、たった半日で攻め落し、最終の関西汽船に乗って町の灯の美しい神戸港へ夜の九時半に帰ってきた。秀吉たちはこの日いちにち、神戸市内の港に近いホテルにいて、彼らの帰りを待っていたのである。

さて、一方の明智光秀は、近国の地盤を固めようとして京都を出発し、十日には筒井順慶の参会を待つため、山崎を見おろす洞《ほら》ヶ峠に陣を敷いていた。もちろん、順慶はやってこない。郡山にある自分の城で籠城《ろうじょう》の準備をしていたのである。中立の立場を保とうとしたためであった。

翌十一日の昼ごろ、洞ヶ峠でぼんやり待ちぼうけを食わされていた光秀は、あちこちに放っていた密偵のひとりの報告を聞いてとびあがるほど驚いた。

「な、な、なんだと。秀吉が尼崎にきているんだと」彼は何度もかぶりを振った。信じられなかったのである。「何かの間違いだ。嘘にきまっている。そんな猛烈な早さで備中から戻ってこられるわけがない。だいいち彼は、毛利と対陣していた筈《はず》だ。和を結んだとしても、そんなに早く話をきめることはできなかった筈だ。どういそいでも五日や六日はかかる筈。それから備中を発ったとして、尼崎などという、とてもそんなところまでやってこれるわけがない。虚報じゃ。虚報に違いないぞ」

信長襲撃を計画した時、光秀は諸将の行動を計算した。そして、どの武将もすぐにはやってこられぬ筈と結論した。彼の計算は正しかった。その中でも特に秀吉に関しては、中国で敵の中に釘《くぎ》づけされている彼が、そんなに早くは駆けつけてこられぬ筈と思い、むしろ今のところは計算外とさえしていたのである。あり得ぬことであった。驚くのは当然であった。秀吉がやってきたのでは、彼のやった計算がほとんど崩れ去ってしまうのである。

報告がいよいよ真実とわかった時も、彼はただ茫然《ぼうぜん》とするのみだった。そのためますます行動が遅れた。

「神わざだ。奇術だ。悪魔の仕業だ。猿め。いったいどんな手品を使いおったのか」

そして十三日の申《さる》の刻、つまり午後四時、山崎の合戦は始まった。

「わははは。光秀の敗北はすでに決ったも同然じゃな」馬上の秀吉が笑いながら、傍らに駒《こま》を並べている彦右衛門を振り返った。「奴《やつ》は出遅れた。見よ。味方の高山重友はすでに要所をおさえ、中川清秀も天王山にある。あとは包囲して一気に攻め、攻めて攻めて攻めやぶるまでじゃ」彼は大声をはりあげた。「それ皆の者、進めや進め」そして彼自身も馬にひと鞭《むち》あてて突っこもうとした。

「あっ。と、殿。し、しばらくお待ちを」それまでもじもじとしていた彦右衛門が、あわてて秀吉に呼びかけた。

「ん。なんじゃ」秀吉がまた彦右衛門を振り返った。

「あ、あのう」彦右衛門は困りきった顔つきでことばを濁した。

「ふん」秀吉は彦右衛門を見つめながら、ゆっくりといった。「そちはきっと、この『説明』を求めておるのであろう。どうじゃ。そうに違いなかろう」秀吉は歯をむき出して、にやりと笑った。「だが、よく聞け。あいにく『説明』はないのじゃ。うむ」彼はうなずいた。「説明は、何もないのじゃ」

ぴしり、と、ひと鞭あて、大声でわめきながら秀吉は、戦いの煙の中へ駆けこんでいってその姿を消した。

（「別冊小説新潮」昭和四十七年四月）

喪失の日

藁井勇《わらい》は、その日もいつものように、出勤するなり会社の便所へ駈《か》けつけた。若いくせに、なぜか彼は小便が近い。タイム・レコーダーを押したその足で、自分の机へ行くより先に便所へ入るのが彼の日課である。

便所を出た藁井は、廊下で秘書課の野口圭子《けいこ》に会った。あとで考えれば、藁井の日課を知っている圭子が便所の前で彼を待っていたのかもしれなかったが、その時はそうは思わず、偶然会ったと思い藁井は圭子へ気軽に笑いかけた。

「やあ」

「藁井君」圭子は笑窪《えくぼ》を作ってすいと藁井の傍《そば》に寄り、彼の耳に囁《ささや》きかけた。「今日ならOKよ」

「え」藁井はそれが最初何のことかわからなかった。しかし、圭子が自分のいったことばに顔を赤らめ、逃げるように彼の傍から去っていくそのうしろ姿をしばらく見送ってから、やっと彼女のいったOKの意味を理解して彼は歓喜に眼を丸くし、つぶやいた。「やっぱりあれは、言いのがれじゃなかったんだ」

四日前の退社後、藁井はずっと以前から好意を寄せていた野口圭子を初めて食事に誘い出した。デイトは成功だった。レストランでフランス料理を食べ、藁井の馴《な》染《じみ》のスタンド・バーで軽く一杯飲み、明るい喫茶店でコーヒーを飲むという至極おだやかなデイト・コースで、二人は楽しい夜を過した。気をよくした藁井はさらに、彼女をホテルへ誘った。

「今日はだめ」と、圭子はいった。

あからさまに拒絶して、せっかく今まで楽しく過した夜のあと味を悪くしないためにそう言っているだけではないか、と、藁井は思ったので、念のために確かめてみた。「いつならいいの」

「わたしの方から連絡するわ」

本当だろうか、言いのがれではないだろうかというその時感じた半信半疑の気持は今朝まで続いていたのだ。だが、圭子が彼女の方から今日ならOKだと告げてきた以上、それは藁井と一緒にホテルへ行ってもいい、つまり彼にからだをあたえてもいいという意味に他ならなかった。

藁井は浮きうきしながら自分のデスクにつき、仕事を始めた。だが、あまりの嬉《うれ》しさで仕事には身が入らなかった。

藁井勇は二十四歳でまだ童貞だった。大学を卒業するまでは女性と接する機会がなかったし、だいいちに彼は勤勉だった。彼は自分の意志と努力だけで一流の大学を卒業し、一流の企業に就職したのである。会社へ入ってからも彼の真面目《まじめ》さと頭の良さは誰からも認められ、自分は皆から将来を期待されているのだという自負のために、たとえば娼婦《しょうふ》を相手にして安易に童貞を捨てる、といった気にはなれなかった。将来の自分にとってそんな体験は決してプラスにはならないだろうと思えたし、将来の自分がそんな初体験にふさわしい人間になっているとはとても思えなかったからである。人間は自分にふさわしい初体験を持っていなければならない、と、藁井は思っていた。どんなに偉くなっても、みじめな初体験を持っていたのでは、やはりそれだけ何かに対して常にひけめを感じ続けなければならない筈《はず》だからであった。

むろん藁井とてひと並に、いや、ひと並以上に性欲はあり、今日までのそれを押える苦労はたいていのものではなく、そろそろ押え切れなくなっていたから、早く適当な相手を見つけて童貞を捨ててしまい、精神的鬱積《うっせき》を一挙に排泄《はいせつ》する必要に迫られていた。いつまでも童貞のままでいるということもこれまたみじめなことであるし、経験豊富な同僚に対しても肩身が狭く、これはこれで別のひけめを感じなければならなくなる。しかしその適当な相手というのはなかなか彼の前にあらわれなかった。

藁井の考えでは、彼が童貞を捧《ささ》げるべき女性というのはまず第一に十人並以上の美人でなければならず、第二に上品で教養がなければならず、第三にそれも彼の好みのタイプの美人であり性格でなければならず、第四にあとくされがあってはならないから浮気は浮気と心得て絶対に本気で藁井を好きになり結婚を迫りはじめるような女性であってはならず、第五に藁井の初体験はあと味がよくなくてはならないため失敗は許されないわけだから経験未経験にかかわらず多少なりともその方面の知識を持ち藁井をリードしてくれる女性でなければならなかったのだ。そんな都合のいい女性がおいそれとその辺にいるわけはなかったのである。

しかし、やっと見つけたのだ、そうとも、野口圭子なら、と、藁井は受注製品の原価計算をしながら彼女の顔を思い浮べた。彼女ならおれの初体験の相手として誰にも恥じることはないぞ、そう思いながら彼女の赤い、柔らかそうな、恰好《かっこう》のいい唇のことを考えて陶然とした。そうだ。考えてみればおれは彼女と、まだキスさえしていないではないか。だが、だが今夜こそあの唇にくちづけできるのだ。生れてはじめてキスできるのだ。しかも野口圭子の、あの唇に。誰はばかることなく。ぶちゅうっ、と自分の唇を押しあてることが。そう思うと嬉しさがこみあげ、わくわくし、彼は喜びのあまりに白い歯を剥《む》き出し声を立てて笑った。「け。けけけけけけ」

藁井の前の席の、むこう向きで仕事をしている同僚の田島が驚いて一瞬身をのけぞらせてから、そっと振り返り、小声でいった。「お、おい。変な声出すなよ」

藁井は手の甲であわてて唇を拭《ぬぐ》い、舌を出して唇の周囲をべろべろ舐《な》めまわしながら首をすくめた。「やあ。すまん。すまん」

藁井が所属している課のオフィスでは、窓を背にして課長が正面にでんと構え、課長とそれに対して課員全員がまるで学校の教室みたいに五人ずつ縦三列に並び、課長と向きあっている。そして新入社員だとか出来の悪い者ほど前の方、つまり課長の鼻さきに座らされているのだが、藁井は若手ながら成績優秀なので、席も右列の前から四番目である。そうだ、おれのように成績優秀なエリート社員こそ、あの美しくて頭のいい野口圭子に童貞を捧げてしかるべきなのである、藁井はそう思った。

野口圭子が入社してきたのは藁井よりも一年あとだった。所属部課が違うので二、三カ月は彼女の存在を知らなかったのだが、今度秘書課へすごい美人が入ってきたという若い男性社員の噂話《うわさばなし》を聞き、藁井はさっそく用を作って秘書課まで彼女の姿を見に出かけた。たしかに噂通りの、いや、噂以上の美人だったので藁井はずきいん、と、胸を大きくときめかせた。その時彼女とは自己紹介しあっただけだったが、彼女の方ではエリート社員として女子社員の間では評判の高い藁井のことをすでに承知している様子だった。いくら所属部課が違うといっても、一度か二度はどこかですれ違っている筈だったが、童貞を捨てる相手を見つける必要に迫られている癖に、一種の照れと一種の自尊心とある種の臆病《おくびょう》さのため藁井はそれまで女性と見ればじろじろ観察するという習慣を持たなかったので、噂を聞くまで野口圭子の顔を見たことがなかったのだ。圭子の方では誰かから教えられていたらしく、藁井の顔を知っているようだった。

　そのうち、野口圭子の何もかもが藁井好みであることを彼は次つぎと発見した。背は高くもなく低くもなく、肥《ふと》っていず痩《や》せてもいず、髪型や服装や化粧は上品で、そのどれにも彼女のセンスのよさがあふれていた。秘書課に配属されたほどだから、頭がいいことは確かだったが、これ見よがしの教養をあちこちへぶら下げているという風でもなく、ことばや態度も控えめだった。といって陰気な感じでもなかった。だからといって馬鹿《ばか》陽気に笑いころげるという具合でもない。娘らしい初《うい》うぃしさはもちろんあるが、眼の遣いかたや口もとに浮べた微笑にはどことなく落ちつきがあり、未経験ではなさそうだ、と、思わせるところがあった。実際には藁井よりひとつ歳下《としした》なのだが、藁井は彼女を二つ三つ歳上のように感じていた。

　あんな感じを自分にあたえるのだから、と藁井は、さっきから間違えてばかりの原価計算をまたやり直しながら大きくうなずいた。

「うん。絶対に処女じゃない」

「えっ。誰が」田島がびっくりして振り返った。

「ん。いや。その」藁井はうろたえた。「あの。その。経理の松本さんだ」

「あたり前だ。あのひとは結婚している」田島は眉《まゆ》に皺《しわ》を寄せ、仕事に戻った。よし。野口圭子にはほとんどの条件が揃《そろ》っている。しかし、もし肉体関係が発生したことを理由にして、おれに結婚を迫ってきたらどうする。そう思い、藁井は考えこんだ。何もかも藁井好みの圭子に対して、藁井はほとんど、彼女と結婚することになってもいいではないか、と思いはじめていた。しかし彼は心で大きく否定し、理性的にその考えを退けた。いかんいかん。おれの妻になる女性は社長か重役の娘、それもできることならひとり娘に決っているのだ。出世の為《ため》なのだ。そうとも。成績優秀な社員でさえあれば、いつかはそういう縁談が必ずもちあがってくるものなのだ。早まってはいかん。早まっては。

圭子にはプライドがある。そう。彼女は気位が高い。だからこそおれは初体験の相手に彼女を選んだのだ。まさか彼女の方からそんな話を持ち出す筈はあるまい。もし彼女がおれを結婚の対象として考えはじめたところで、いや、そう考えはじめるだろうということはわかっているのだが、なにしろおれと彼女はひとつ違いだ。おれがいつまでも意思表示をしなかった場合、彼女はやがてしびれをきらせて他の男性と結婚することだろう。だって、おれは男だから二十九歳になろうと三十歳になろうと三十一歳になろうと縁談がなくなり結婚の相手に困るということはまず、ない。しかし彼女はその頃にはオールド・ミスになってしまう。そんな年齢になるまでおれにつきまとうといった無分別なことは、彼女ならしない筈だ。そうとも。そうに決っている。藁井はそう考え、その考えを自分に納得させようと努め、そして納得し、ついには安心してしまった。そんなことには絶対にならない。彼女ならそんなことをする筈がないのだ。

藁井が無理やり自分を安心させてしまったのには理由があった。そんな不安を胸に抱いたまま童貞喪失の場へ臨んだりすれば、罪悪感とか恐怖感とかのためにせっかくの初体験が惨憺《さんたん》たる失敗に終る可能性があるかもしれなかったからである。失敗はできないぞ。うまくやらなきゃな。楽しい思い出を作ろうとするには、やはりそれだけの努力はしなくちゃいけないのだ。むろん、気分にゆとりを持たせなければいけない。そうでなくちゃいけない。のべつ緊張のしっぱなしでは、おれ自身も圭子も楽しくない。いい思い出は生れない。気分にゆとりを。気分にゆとりを。

気分だけではなく、楽しいデイトには経済的なゆとりも必要であることに気がついた藁井は、今月分の給料のほとんどを、四日前の圭子との、新米サラリーマンとしてはいささか分不相応なデイトのために使い果してしまっていることに思い到り、あっと叫んだ。「金がない」

今度は少しばかり声が大きかったため、周囲の二、三人が藁井の方を見た。

「落したのか」と、田島が振り返って訊《たず》ねた。

「あ。う、うん」藁井はうなずき、あわててかぶりを振った。「いや。いいんだ。いいんだ。たいした額じゃない」

「経理へ行って借りたらいいよ」

「うん。うん。そうするよ」

だが藁井は、経理課で前借りをするのは厭《いや》だった。独身社員のほとんどは給料の前借りをしていたが、藁井はまだ一度もしたことがない。彼の考えでは、それはエリート社員のするべきことではなかった。金にだらしのない男という印象を経理課の誰かれにあたえ、彼らに弱味を握られたような形になり、ひけめを感じることになるからでもあった。

学生時代の藁井は、金がなくなるたびに国もとへ無心の手紙を出したものであった。しかしサラリーマンとして独立してしまった以上、地方の小都市の片隅で小さな雑貨商を営み、老人夫婦が細ぼそとながら暮しているところへなど、もう金をせびる手紙を書くことはできなかった。手紙を出せば必ず工面してはくれるが、出したところでどうせ今夜の間には合わない。

藁井はほんの数万円だが、銀行預金をしていた。万が一に備えて乏しい給料の中から貯金した血の出るような虎《とら》の子だった。あれを少し引き出そう、と藁井は思った。預金通帳は下宿に置いたままだが、昼休みにでも取りに戻って銀行へ行けばいい。どれくらい出せば足りるだろう。一万円で足りるだろうか。多い目に引き出したりすれば、きっとそれだけ全部使ってしまうに決っている。ぎりぎり必要なだけにしなきゃ。計算してみよう。食事はこのあいだほどぜいたくにしなくていいだろう。これがまず五、六千円というところか。少し酒を飲まさなきゃなるまいが、これは例のつけのきくスタンド・バーへ行けばいい。それからホテル代、これが問題であるがいくら必要だろう。圭子は両親と一緒に暮している関係上必ず自宅へ帰らなければなるまいから宿泊はしない。宿泊しなければそれほどかからぬ筈だ。しかし困ったな。おれは連れこみホテルにおけるご休憩代の相場を知らないのだ。たしか数百円と書いてあるピンクだか紫だかのガラスの小さな透光看板を見た記憶はあるのだが、それがお一人様だったかお二人様だったか、「一時間につき」であったか「三時間につき」であったか、そこまではおぼえていない。とするとホテル代だけで悪くすれば四、五千円かかり、へたをすると一万円引き出しただけじゃ足りなくなるかもしれん。それにホテルの部屋でのどがかわきビールを注文するなどという事態も考えられる。ああいうところで飲みものを注文すればきっとたかいのだろうな。ホテルを出てからコーヒーを飲まなきゃならなくなるかもしれん。タクシー代がいるかもしれない。とすると、ここはやはり一万五千円ぐらい持っていた方が。しかし、他に何か必要経費は。何か忘れているものは。あっ。そうだ。「コンドームだ」

大きな声を出してしまったため、周囲の三、四人がくすくす笑った。

「おい。よせよ」田島が迷惑そうな顔をしてまた振り返った。「今日はお前、どうかしているぞ。変な声で笑うかと思ったら次は処女がどうのこうの。それから金を落したといって騒ぎ立てて今度はコンドームだ。さっきからトータルを出でうとして大きな金額の計算をするたびに驚かされてはずっこけている。そのたびにやりなおしだ。どうしてくれる」

「すまん。すまん。つい考えごとに夢中になって」

「おいおい。そこ、さっきからやかましいぞ」課長が縁なし眼鏡を光らせて藁井たちを睨《にら》んだ。「静かにしろ」

藁井と田島は首をすくめ、仕事に戻った。

コンドームとか衛生サックとかいわれる代物《しろもの》が情事に必ず要る品物なのであるのかどうか、藁井は知らなかったし、それがどれくらいの値段のものかさえ知らず、知っているのは薬局で売っているということだけであった。ひとつだけ買うというわけにはいかんだろうな、と、藁井は思った。一ケース買わなきゃなるまい。いくらぐらいのものだろう。最近薬品類がたかくなっているから、同じ薬局扱いのコンドームもきっとたかいのではないか。千円くらいか。二千円くらいだろうか。まさか三千円などという非庶民的な値段ではないだろう。しかしその程度の用意はしておく必要があるぞ。もし買えなかった場合、圭子が装着しないままのおれの陰茎をいやだといって拒否したためホテル代が無駄になり神聖であるべき童貞喪失の夜が滅茶苦茶《めちゃくちゃ》になるということもあり得る。しかし圭子は、はたして抜き身のままを断固として拒否するであろうか。彼女は経験者なのだから、自分のからだのコンディションをば避妊の方向へと整えてくるのではないだろうか。女性用の避妊器具とか薬品もある筈だから、こういう際には女性のマナーとして彼女の方が完全武装してくるのではないか。四日前に今日はだめだといい、今朝、今日ならOKといったのは、あるいは生理日とか排卵日とかいうものに関係したややこしい計算の上に立ち、妊娠しない日を選んだのではないだろうか。

まあどっちでもいい。とにかく用意して行くに越したことはなかろう。おれにとって今日は大切な日なのだ。万が一にも粗相のないよう万全の態勢を整えて行くべきだ。他に抜かりはないだろうな。もう一度よく考えてみよう。まずホテルへ入る。ホテルの前で急に彼女がはずかしがって入らないと言い出した場合はどうするか。そんなことはまずあるまいが、一応自分には羞恥心《しゅうちしん》が存在するのであるという意思表示を彼女が示した場合は、絶対にいらいらしたり怒ったりしてはいけない。連れこみホテルの前で喧嘩《けんか》別れしたのでは次の機会は当分やってこないぞ。気ながに説得し、なだめることだ。さて、ホテルへ入ってから部屋へ行くまでだが、連れこみホテルの場合この辺はどういう仕掛けになっているのだろう。一般のビジネス・ホテルなどと同じだろうか。まあいい。わからないならわからないでいいから、とにかくびくびくしたりおどおどしたりせず、堂堂としているのがいちばんよろしい。悪事を働くわけではないのだからな。さて。部屋へ入った。早速彼女のスーツを脱がせて。待て。待てまて待て。あわてるな。ムードを作ることが肝心だから、ここはまずビールなりジュースなりを注文してゆっくりと時間をかけ、それらしい気分を盛りあげることだ。ご休憩代を安くあげようなどとして焦《あせ》ってはいけない。圭子の気持がほぐれてきた頃あいを見はからって彼女に身をすり寄せ、肩を抱いてやさしくささやく。どう言えばいいかな。「まるで、夢みたいだよ」うん。いいぞ。彼女が訊ね返すだろう。

「あら。何が」

「君とこんな夜を過せるなんてことがさ。いつも夢見ていたんだ。この夜を。この時を」

「わたしを、以前から好きだったの」

「初めて会った時からだ。夢中だった。だって君は綺麗《きれい》で、他の女の子みたいにがさつじゃなく、上品で、スタイルがよくて、センスがあって、それに、それに性的魅力も」喋《しゃべ》りながら次第に興奮してきて、藁井は息をはずませた。

「わたしもよ。わたしもずっと以前からあなたが」

「圭子。ああ。圭子」藁井は野口圭子の柔らかなからだを抱きしめた。

「ああ」圭子が身をのけぞらせた。

よし今だ。キスするんだ。熱烈にだ。「圭子」

藁井は野口圭子の仰向《あおむ》けた白い顔へ覆《おお》い被《かぶ》さるように自分の顔を近づけ、彼女の唇に接吻《せっぷん》した。「あ。あ。汚ねえやつだなあ。とうとう机にぶちゅうっとキスしちまいやがった」さっきから藁井の方を振り返り、彼の狂態をあっけにとられて見つめていた田島が、眼を丸くしてそう叫んだ。

藁井ははっとわれにかえり、咳《せき》ばらいをしながらあわてて書類に眼を戻した。

「ぶつぶつとひとりごとばかり喋り続けやがって。まったくうるさいやつだ」田島は気ちがいを見る眼で藁井をひと睨みし、吐き捨てるようにそう言ってから背を向けた。

ちえっ、いいところで邪魔が入った、そう思い、藁井は舌打ちした。まるで本番中に水をさされたような気がして腹が立った。だいじなところだったのに。どこまでだっけ。そうだ。キスだ。最初のキスだ。

彼女とキスできるんだなあ、そう思って藁井はふたたび陶然とした。この日をどんなに待ちわびたことか。あの熱い血潮の煮えたぎる青春の日日、爆発しそうになる欲望を押えつけ押えつけ、むらむらと湧《わ》き起る猥想《わいそう》白昼の淫夢《いんむ》にさからってけんめいに勉強し、エネルギーを発散させるため柔道に励み、ついには励みすぎて柔道四段となり、それでもまだありあまる精力をもてあまし、夜ごと布団《ふとん》に抱きついて苦しみ悶《もだ》え、ある雪の降る夜などとうとうたまらなくなって下宿の庭へ全裸でとび出し雪だるまに抱きついてあらぬことをわめき散らしながらオーガズムに身をゆだね、また時には灼熱《しゃくねつ》の如《ごと》く鬱血《うっけつ》した鋼鉄の如きペニスをば「鉄の陰茎お許しを」と泣き叫びながら買ってきた大きな西瓜《すいか》に突き差して固い果皮に大穴をあけでち棒真紅に染めたりしたのであったが、あの苦しみあの悩みが今宵《こよい》報われ、雪だるまでもない西瓜でもない生身《なまみ》の女性、それもあのすばらしい野口圭子という女性を抱けるのだ、ついに抱けるのだ、だ、だ、だ、抱けるのだ。充血した眼球を突出させて原価計算用紙に焦点の定まらぬ視線を向け、はっ、はっ、はっと野良犬《のらいぬ》のような荒い息を吐いていた藁井は、ふと自分の陰茎がズボンの内部でどうしようもなく怒張していることに気がついた。あ。これはいかん。大変だ。また歩けなくなってしまう。

急に課長に呼ばれたりしたら一大事だ。突然無理に立ちあがったりしたら根もとからぽきっと折れ兼ねない。気を静めろ。気を静めろ。理性的になれ。そうだ。さっきの作戦の続きだ。キスで陶然となった野口圭子を、まず静かに抱きあげる。彼女のからだは軽い筈《はず》だ。ゆっくりとベッドに運び、シーツの上に横たえる。そして彼女のスーツのボタンを。

いや。いかんいかん。先に彼女の服を脱がせたりすれば彼女は恥ずかしがって最後の抵抗を試みたりするに違いない。それに、彼女を裸にしてから自分が脱いだりしては、その間に彼女が風邪をひいてしまう。ここはまず、先に自分の服を脱ぐ。そう。それがいい。上着を脱ぎ、ネクタイをはずし、ワイシャツを脱ぎ、それからズボンを。

そこまで考えて藁井はふと、自分が下宿住まいの気楽さとここ数日間の多忙にとりまぎれてながい間洗濯をしていないため、パンツを一週間ばかりとり替えていないことに気がついた。パンツは黒く汚れ、さっきなどは昼間であるにかかわらず股《こ》間《かん》からズボン越しにぷんと悪臭が立ちのぼったではないか。えええええい。しまった。藁井は後悔の念に苛《さいな》まれて眼を見ひらき、われ知らず立ちあがって直立不動の姿勢をとり眼前の宙を凝視して口走った。「おれのパンツはまっ黒けだ」

のども裂けんばかりにそう叫んでからすぐわれに返った藁井は、オフィス中の全員があまりのことに今度ばかりは笑いもせず、あっけにとられて自分に注目していることを知り、あわてふためいて腰をおろし、海亀《うみがめ》のように背を丸めた。

「わ、わ、藁井君っ」課長が縁なし眼鏡を怒りにぎらぎらと輝かせ、顔全体に縦皺《たてじわ》を寄せて叫んだ。

わっ。大変だ。あの猛烈でヒステリックな甲高い罵声《ばせい》がとんでくるぞ。

藁井が甲羅の中へ首をひっこめようとした時、幸運にも課長の机上の電話が鳴った。

「はいはい。うん。わたしだ。ああ。あれか。あれならもう出来ている筈だが。うん。折り返し電話するよ。じゃ」渋い顔でがちゃんと電話を切った課長が、藁井に大声で訊ねた。「藁井君。昨日頼んだR・62型の安部工房納入分の原価計算、もうできてるだろうね」

「あっ。あれですか。あれはまだ」藁井は立ちあがり、ちょっと口ごもった。「あの。今やっておりますが」

課長は不機嫌な表情で煙草《たばこ》をくわえた。「まだやってるのか。君ともあろうものが何だね。営業じゃ急いでるんだ。どこまで出来ている。ちょっと持ってきなさい」

「はい」

いそいで机の上の計算用紙をかき集めて整え、課長の方へ歩き出そうとした藁井は、うっと呻《うめ》いて立ちどまった。さっき怒髪天を衝《つ》いた陰茎がまだそのままの姿でズボンの中にあり、ファスナーをばらばらにとび散らさんばかりの激しさで緊張しているのだ。無理に歩けばへし折れる。その前に痛さで気を失うだろう。

「何をしている。早く持って来なさい」

「は。はい。はい。はい。はい」藁井は股《また》を左右約百六十度の角度に拡《ひろ》げて両足をふんばった。ズボンの前の布地がたるみ、やや楽になったので、藁井はその姿勢のまま、ひどいがに股で歩き出した。

「早く来なさい。何じゃその歩きかたは。いい加減にふざけるのをやめんか。今日はどうかしとるぞ。どれどれ貸しなさい。これか。何じゃまだ半分しか出来とらんではないか。いつもの君らしくもない。なになに。ホテル代ご休憩おひとり様一時間五百円なんだこれは。原価計算の用紙に落書きしてはいかんよ。ええと。ヘッドの方の部品が一台あたりこれだけだから二十三台でこうなって。シャフトは一本でいいと。これが二千二百五十万円でこっちが」

自分のした原価計算に眼を通している課長の横に立ってぼんやりしていた藁井は、ふと、新しいパンツを買うぐらいの金なら今持っているということに気がついた。なんだ。あたふたすることはなかったんだ。昼休みにはどうせ一度下宿に戻るんじゃないか。戻る途中でパンツを買い、下宿で穿《は》きかえてくればいいんだ。それなら堂堂と圭子の前でもパンツ一枚になることができる。おれはいったい何をつまらないことで心配していたんだ。ふふふ。馬鹿《ばか》だなあ。安心した藁井は、安心したとたんに嬉《うれ》しさがこみあげ、思わずけけけけっ、と笑って握りこぶしで課長の背中を力まかせにがん、と一撃した。

「げふ」くわえていた煙草を口に入れてしまい、課長がとびあがった。「あち、あち、ああちちちちちちち」椅子《いす》からころげ落ちた。「ななな、何をするか君は」

昼休みになると同時に藁井は会社のあるビルをとび出し、近くの洋品店で五百円のパンツを一枚買い、地下鉄に乗って下宿に戻り、下宿でパンツを穿きかえて預金通帳を持ち、下宿の近くの銀行へ行って一万八千円の金を引き出し、また地下鉄に乗った。昼間であっても都心部の地下鉄は比較的混雑している。しかし藁井はシートに隙間《すきま》を見つけて強引に尻《しり》を割りこませた。もう大丈夫だ、そう思いながらぐったりとシートの凭《もた》れに背を投げかけて車輛《しゃりょう》の揺れに身をまかせ、藁井は安堵《あんど》の吐息をつき、そしてくすくす笑った。もう圭子の眼の前でズボンを脱いでも恥ずかしいことはないのだ。おれの股《また》ぐらは清潔なのだ。だっておれはまっさらのパンツを穿いているんだものな。そう思うと嬉しくてたまらなくなり、彼は大声で、歌うようにいった。

「ぼーくのパンツはぴいかぴか」

藁井の隣りに腰かけていた女子高校生があわてて立ちあがり、顔色を変えてとんで逃げた。

地下鉄を降りてオフィス街を会社の方へ歩いていく途中、藁井は、圭子を連れこむべきホテルの所在が自分の中でまだ明らかにされてはいないことに気がついた。そうだ。どこへ連れて行けばいいのだろう。そいつを考えておかなくちゃ。やはりいつも飲みに行くあのスタンド・バーのある繁華街の裏通りがいいだろうか。あそこにならつれこみホテルが二、三軒あるし、タクシー代もいらない。いやいや。あそこはまずいぞ。あの辺にはおれの会社の連中がうろちょろしているから、ホテルへしけ込むところを発見されるおそれがある。圭子もいやがるだろう。他にホテルのたくさんある場所はどこだっけ。二、三度通り抜けたことのある、副都心のあの裏通りだろうか。

蕈井は自分の会社があるビルの玄関の前を通り過ぎたことに気がつき、あわてて引き返した。やはり、あのあたりまでタクシーをとばさなきゃなるまい、と思いながら蕈井はロビーに入り、エレベーターに乗った。しかし待てよ。あの辺にはたしか暴力団の組員がたくさんいて、アベックと見ればとりかこみ、いやがらせをしたり、時には金品を強奪したりもするというではないか。男が殴られて怪我《けが》をし、女がつれ去られたなどという記事を新聞で見たこともある。大丈夫だろうか。まあ、大丈夫だろう。なあに。心配ない。そうとも。万が一そういう連中にとりかこまれても、おれは柔道四段なのだ。強いのだ。自分にそう言い聞かせながら蕈井はエレベーターを降り、自分のオフィスの方へと廊下を歩いた。もしとりかこまれそうになったら、まず道路のどちら側かの壁を背にして立ち、圭子を背後にかばう。そして前から来たやつを。

「やあ藁井。久し振りだな」ながい間地方へ出張していた営業部にいる同期社員の熊本が向うからやってきて、にこにこ笑いながら手をさし出した。「元気か」

藁井はさし出された熊本の手をつかむなりえいと叫んだ。熊本のからだが廊下の上の宙をとんだ。

「なんて乱暴なことをする。君はこの熊本君に何か恨みでもあるのか」

会社の医務室のベッドに横たわり包帯で頭をぐるぐる巻きにされ、う－う－唸《うな》っている熊本の傍《そば》で、営業課長が藁井を怒鳴りつけ、藁井は這《は》いつくばってあやまった。

「申しわけありません。つい、あの、考えごとに夢中になっておりまして」

「軽い脳震盪《のうしんとう》だとは思うが、あとで一応脳波の検査もしておきましょう」と、医者があきれ顔でいった。「それにしてもこの会社には無茶なひとがいるもんですなあ」

午後からは新製品の社内説明会があり、藁井も多くの社員と共に会議室で技術部長による新しい機械の説明を聞くことになった。だが藁井はもちろん、今宵の歓楽への期待と空想で心ここになかった。空想の中で藁井はすでに自分の服を脱ぎ終り新しいパンツも脱ぎ終えて丸裸になっていた。そして彼は荒く息をはずませ、顫《ふる》える手で圭子の服に手をのばし、彼女のスーツを脱がせようとした。しかし彼にとって非常に困難であったことは、圭子がどういう構造のスーツを着ているか知らないという点にあった。今朝ちらと見かけた時に圭子の着ていたスーツがだいたいのところどういうものであったかさえ思い出せないのだ。その上男性の背広の如く画一的なものではなく女性の服というのは一着一着に工夫が凝らしてあり、したがってどこに隠しボタンがあり、どこにファスナーがあり、どこに留め金、ホックの類《たぐ》いが隠されているかまったくわからないのである。これは女性の協力がない限り、とても脱がせることはできない、藁井はそう思ってあきらめ、すでに服は脱がせ終えたことにして次に下着へ移った。だがこれもはなはだ厄介だった。藁井の頭の中にある女性の肌着というもののイメージは、ただ裸の女の局所局所に白い小さな布切れだの紐《ひも》だのがややこしくまといつき垂れ下っているだけという貧弱さであったが、これは自分の欲望を触発させぬよう今までデパートの婦人肌着売場にさえ近づかなかった藁井としては無理のないことであった。ええい面倒だ。これも行きあたりばったり、圭子の協力をあてにしてなんとか脱がしてしまったということにしよう。

さて次はいよいよ問題の交接だ。まず圭子の両足を持ってぐいと両側へ。ぐいと両側へ。

愛撫《あいぶ》とか前戯とかいうものの存在を無知にして想像することさえできない藁井が、はや猛《たけ》り狂って圭子の内部へわけ入ろうとした時彼は、またもや自分の性的無知に気づかねばならなかった。どこへ入れたらいいのだろうか。だいたい女性のあそこいら辺はどうなっている。たしか女性の場合は排尿口と生殖器官が別べつになっていると聞いたことがある。子供を生む時の穴も別になっているのかな。だとすると、肛門《こうもん》を足せば全部で四つの穴が開いていることになるが、これはどういう順順に並んでいるのだろうか。まさか横に並んでいるわけはあるまいし、また、あいた穴がぽこぽことあっちゃこっちゃ乱雑に散らばっているといった悪夢の如き状況でもあるまいから、やはり縦一列にある種の秩序を保って配列されているのであろうが、その順番はどうだ。同じ生殖器官だから、子供をひり出す穴と例の穴とは同一なのだろうな。すると三つだ。そのうち肛門は、これは尻にあるわけでいちばん下だから、まさか間違えて肛門へ入れるなんてことはあるまい。するとあと二つのうち、どっち側へ入れればいいのだろう。上かまん中か。待てよ。女のあの辺の解剖図では、膀胱《ぼうこう》が前にあり子宮がうしろにあった筈だ。とすればおれが挿入すべき部分は。

「まん中の穴だ」

発見の喜びにわれ知らず大声をあげてしまってから、藁井は首をすくめた。ひやあ。今度こそえらいことになったぞ。今度は各部課長の前だ。専務までいる。どんなにひどく叱《しか》られることか。

「そうです。まん中の穴です」黒板に掲示した図面の前で喋《しゃべ》っていた技術部長が、眼を丸くして藁井を見た。「ここがこの新製品の長所なのですが、このシャフトを通す場所が、なぜわかったのですか」

「いやなに。それはその」藁井は赤面して頭を掻《か》いた。「そうじゃないかと思ったものですから」

「君、新製品に詳しいようだから、これから営業の根上君と一緒に得意先へ説明に行って貰《もら》えないか」営業からのそういう依頼を課長が藁井に伝えたのは、午後の三時過ぎだった。機械の構造にも強く、その場で見積り金額を出すこともできる藁井は、よく営業課員と組まされて得意先との折衝に立ち会わされるのだ。

「これからですか」藁井は渋い顔をして腕時計を見た。今から得意先へ出かけたのでは、退社時刻までに帰ってこられないかもしれないのである。

「ま、頼むよ」課長が軽い口調でそういってそっぽを向いた。たいていの若い社員が残業を厭《いや》がることを、課長はもちろんよく知っているのだ。

「はあ。では」藁井はしぶしぶ承知した。今日一日失敗の連続だったから、この上命令を拒否したりすれば今後課長と気まずいことになる。

「うわあっ。しまったあ。やったあ」

営業の根上と一緒に得意先へ向う途中のタクシーの中で、藁井はシートの上十数センチの高さにとびあがってそう叫び、その声に驚いた運転手はハンドルを切りそこね、車を一瞬歩道に乗りあげさせて蒼《あお》くなった。

「おどかさねえでくだせえ。旦那《だんな》」運転手が悲鳴をあげた。「通行人をひとり、轢《ひ》き損った」

「いったいどうしたんだ。藁井」根上が藁井のからだからできるだけ遠ざかり、そう訊《たず》ねた。

「うー」藁井は呻いて手を額に当てた。野口圭子との待ちあわせ時間と落ちあう場所を彼女と打ちあわせていないことに気がついたのである。

まあいいや、よく考えてみればとびあがるほどのことじゃなかった、先方へ着いたらすぐ電話を借りて彼女と打ちあわせすればいいんじゃないか、藁井はすぐそう思って安心し、大きく笑った。「わはははは。ご免ご免。よく考えてみればなんでもないことだった」

得意先の安藤電算器機へ着くと、待ち兼ねていたらしく、根上と藁井はさっそく応接室に通された。二人がソファに腰をおろすなりすぐに先方の技術部長と資材課長が出てきて、挨拶《あいさつ》もそこそこに、あたふたと取引きの話をはじめた。電話を借りるきっかけがつかめずにいらいらし続けている藁井は、むろんのこと取引きの話など聞く耳は持たない。根上が説明のしかたに困って藁井の助言を求めても、彼はただ、さあ、などといって首を傾《かし》げるばかりである。まるっきりうわの空で心ここにない藁井の様子に愛想を尽かし、そのうち誰も、彼には話しかけなくなってしまった。会話からとり残された藁井はしばらくぼんやりしていたが、ふと気がついて腕時計を見るとすでに四時十五分になっている。話はまだまだ終りそうにない。この分ではとても退社時刻の五時までに社へ戻れそうにないと思い、藁井は大きく溜息《ためいき》をついた。溜息の空気が咽喉《いんこう》部を勢いよく通過して、ほひー、という大きな音が洩《も》れた。怪訝《けげん》な顔でちらと藁井を見てから、またすぐ話に戻った三人は、しばらくしてふたたび腕時計を眺めた藁井の、ほひー、という珍妙な嘆息に話を中断され、四回目にはしげしげと藁井の顔を見つめた。

「君。どこか加減が悪いんじゃありませんか」

先方の技術部長がそう訊ねた機会に、藁井はかぶりを振りながら立ちあがった。

「いえいえ。何でもありません。何でも。あの、ちょっと電話を拝借」

「電話なら前の廊下の突きあたりの、応接室受付にあります」

「あんなおかしなひとが、よくおたくの会社へ入れましたね」

電話のありかを教えてくれた先方の資材課長が、藁井が部屋を出るなり根上に小声でそう言っているのを洩れ聞きながら、今はそんなことにこだわってはいられず、藁井は廊下を駈《か》けて電話にとびつき、社の秘書室の直通番号をダイヤルした。

野口圭子と、五時半に国鉄の駅の裏にある喫茶店「ジグザグ」で落ちあうことに決めた藁井が応接室に戻ってくると、話はまだ続いていた。そしてまだまだ終りそうになかった。藁井は約三十秒ごとに腕時計を眺めては、例の、ほひー、というでかい溜息を吐《つ》いた。やがて退勤時刻の五時になった。これはいかん。会社へ戻らず直接「ジグザグ」へ駈けつけなければならんかも知れんぞ。薬局でコンドームを買っている暇さえないかもしれん。何の用意もなしに圭子と寝て、圭子の方でも何の予防もしていなかった場合、彼女が妊娠してしまうということにもなり兼ねない。妊娠。に、に、妊娠。藁井はぎょっとして背すじをのばし、眼前の宙を睨《にら》み据え、ひゅう、と音を立てて息を吸いこんだ。そうだ。圭子ほどの頭のいい女なら、おれと結婚するためにわざと妊娠するというような手段をとるかもしれない。腹をぽんぽこぽんにでかくして、はい、これ、あなたの赤ん坊よ、そういって押しかけてきたらどうしよう。藁井は顫えあがった。結婚はいやだなどといったりしようものなら、父親をつれてくるかもしれん。娘を瑕《きず》ものにされた父親の怒りは大きいというから、かんかんになって怒鳴りこんでくるぞ。やいこれを見ろこの娘の腹。ぽんぽこぽんのすっぽんぽん。さあどうする気だ。さあなんとか言え。

「君。どうなんですか」さっきから何度も藁井に何ごとか訊ねかけていたらしい先方の技術部長が、返事をしない彼に業《ごう》をにやして大声を出した。「どうなんです。なんとか言いなさいよ」

「はっ。はい」藁井は立ちあがり、まん丸に見ひらいた眼から眼球をとび出させ、不動の姿勢をとり、唾《つば》をとばして叫んだ。「それだけは許してください。ぼくは人望のある身です。まだまだ結婚はできません。郷里《くに》では貧乏な年老いた父親と母親がぼくの出世を待っている」泣きわめいた。「社長か重役の娘以外とは、ぼぼ、ぼくは結婚できないんです。許してください。堪忍《かんにん》してください。ぼくは童貞を早いめに失っておきたかっただけだ」

「ジグザグ」へは野口圭子を十分ほど待たせただけで駈けつけることができた。いい具合に駅の構内に薬局があり、藁井は「ジグザグ」へ行く前にそこでコンドームをひと箱仕入れることもできた。

それから先はまず順調で、その夜藁井は首尾よく童貞を喪失した。むろん多少の失敗もあった。先を急ぐあまりレストランで勘定を忘れて出ようとし、食い逃げと間違われたり、ホテルでは圭子が自分で脱ぐと言っているものをよせばいいのに無理に脱がせてやろうとして服のファスナーを壊したり、彼よりも先にさっさと自分で肌着を脱いでしまった圭子の裸を見て興奮し、せっかくの新しいパンツの中へ濃《こい》口《くち》のザーメンぶちまけたり、さらに彼女が、そんなものつけなくても大丈夫と言っているのに念の為《ため》と称してコンドームを装着しようとしているうちまた興奮して今度はベッドの上空へ飛ばせて圭子の眼に白い毒液の眼つぶしをくわせたり、そのコンドームを圭子の内部に置き去りにしたまま引っこ抜いてしまったり、そのほかそれに類したしくじりを少なく数えて七、八回はやったが、いずれも童貞喪失の夜であれば無理もなく、まず許せるものばかりであり、目的を遂げただけでも大成功と言わねばならないであろう。しかし藁井は自分の失敗に対して、この場合だけはきびしかった。あれほどよく作戦を練っておきながら今夜のこの失敗続きはなんとしたことだ。すっかり圭子に軽蔑《けいべつ》されてしまったに違いないぞ。彼女は愛想を尽かし、もう二度とおれに会ってくれないかもしれない。

不思議なことには、童貞を失うための道具に過ぎなかった筈《はず》の圭子が、ただ一度ベッドを共にしたというだけで、今はもう藁井にとってはなくてならぬ存在になっていた。なんとかしてこの女と結婚するんだ、ホテルを出る時、藁井はすでにそう決意していた。しかしそれにしても、早いうちに今夜の醜態をとり返し、彼女の尊敬を得なきゃならん。どうすればよかろう。

地下にある私鉄のターミナルまで彼女を送るため、夜がふけてがらんとしたひと気のない地下道へ入った藁井は、うす暗い柱の蔭《かげ》でやくざ風の男たち四、五人がぶらぶらしているのを発見した。やつら、おれたちにちょっかいをかけてくるかもしれんぞ。藁井は、彼らが手出ししてくれればいい、と思った。そうすればおれは柔道で奴《やつ》らを投げとばし、圭子を守って見せ、彼女の尊敬を得ることができる。奴ら、襲ってこないかな。まず正面からくるやつを右へ投げとばす。それから次に左からくるやつを。

だが、やくざがふたりにからんでくる、といったようなこともなく、藁井と圭子は無事に私鉄の改札口までやってきた。

「とても楽しかったわ。また誘ってね」改札口の手前で振り返り、圭子はそういって、何ごとか考え続けている様子の藁井に、笑顔を見せながら別れの握手をと手をさし出した。

藁井はその手をつかみ、えいと叫んだ。

圭子の軽いからだが、改札掛の駅員の頭上はるかを飛んで改札口を越えた。

（「小説新潮」昭和四十九年十二月号）

平行世界

玄関のチャイムが鳴ったので、出て見るとおれが立っていた。

「やあ」と、おれはいった。

「おれ、上から来たんだがね」と、そのおれは、おれに言った。おれと同じ服装をし、おれ同様の不精髭《ぶしょうひげ》を生やしている。

やっぱりおれに不精髭は不似合いだなと思いながら彼の顔をじろじろ見ていると、やはりおれの顔を見つめていた上のおれがいった。「やっぱりおれに不精髭は不似合いだね」

おれはかっとして大声を出した。「そんなことはどうでもいい。何の用だ。互いに、あまり他のおれの家とは行き来しない約束だっただろ」

「あんたは今、おれがさっき怒ったのと同じ怒りかたをしたよ」彼はにやにや笑った。「今日は特別だ。上のおれからの順送りで、ひとをつれてきたのさ」

「ひとって、誰だね」

「ずっとずっと上の方のおれなんだってさ。どれくらい上かというと、それはもうずっと上で、だいたい二百五十か二百六十ぐらい上のひとだそうだ」

「そのひとをつれてきたのか」おれは眼を丸くした。「どこにいる」

彼は道路へ首だけ出し、そこに佇《たたず》んでいるらしい誰かに声をかけた。「どうぞお入りください」

入ってきたのは、やはりおれだった。しかしそのおれは、きちんと背広を着ていて、ショルダー・バッグをぶら下げていた。いつものおれの旅姿である。ネクタイだけは、おれの持っていないおかしな柄のものをしめていた。顔つきも、ややふっくらとして実業家的で、おれよりはむしろおれの弟に似ている。全体として、おれをやや地味にした感じの人物である。

「お邪魔いたします」と、彼はいった。「今もこのひとがおっしゃったように、わたしはここから上の方、約二百五十から二百六十ぐらい上の方から来たものです。下の方がどうなっているかと思いましてな」

「どうなっているかって、同じに決っているでしょう。現在のこの段段世界は、各段同じものがずっと平行に上から下へ」

彼はおれをさえぎり、手を振った。「いやいや。ところがそうではないのです」

「とにかく、おあがりになりませんか。お話をゆっくり伺いたいので」おれは奥へ向かって叫んだ。「おい女房。お客さんだ。飲みものをさしあげろ。さあさあ。どうぞおあがりください」

「そうですか。それでは」ずっと上から来たおれが、靴を脱ぎはじめた。ひとつだけ上から来たおれが、玄関を出ながら言った。「じゃあ、そのひと頼んだよ。下へ順送りにしてあげてくれ。わかってるな」帰った。

「二百五十とか二百六十とかも上の方からお越しになったのでは、さぞお疲れでしょうね」彼を座敷に請《しよう》じ入れて向かいあい、おれはさっそくそう訊《たず》ねた。

「はい。それは、ながいながい旅でございました」と、彼は答えた。

「それではまあ、今夜はひとつ我が家へお泊りになっては」

「いやいや」彼はかぶりを振った。「今日中に、もう六つ七つ下の方まで行ってみようと思っておりますので」

「あのう」おれは身をのり出した。「上の方はどういう様子なのですか。さきほども何やらそのようなことを言っておられましたが、この、上の方と下の方とでは、何かの点で違っているところがあるとでもおっしゃるのですか」

「まあ、おおよそのところは同じです。しかし、どこか微妙に違うのです。どこが違うのか、それが気になるのでいろいろ調べているのですが。早い話がたとえばあなたとわたしとでは、同一人物であるにかかわらず、どこがどうということは言えずとも、ほら、どこか微妙に違っておりましょうがな」

「はい。それはさっきからそう思っていたのですが、たしかにそういえば」おれはあらためて、今度は大っぴらにじろじろと彼を観察させてもらった。「なぜか、喋《しゃべ》りかたやことば遣いまでも」

「そうでしょう」彼は笑った。顔が皺《しわ》だらけになった。

「いらっしゃいませ」妻が冷やしたコーヒーを持って出てきた。

「お邪魔しております」一礼してから彼は、ちょっと驚いた様子で妻を凝視した。

「あの、失礼ですが、奥様で」

「はい。家内でございます」と、妻はいって笑った。「だいぶ上の方からお越しになったとうかがいましたが、そちらの奥様は、わたしとどこか違ったところがおありでいらっしゃいましょうか」

「ははあ。やっぱりここまで降りてくると、だいぶ違いますなあ」彼はびっくりした表情のままで妻に訊ねた。「このすぐ上の方では、奥様にまではお眼にかかれなかったのですが、奥様はあの、あれですか、旧姓北上さん、お名前は幸恵さん。それに違いありませんか」

「はい。それはもう」妻はくすくす笑った。「で、あの、どういうところが。奥様はわたしなんかよりもずっと、お美しいんでしょうね」

「あの。どう申してよろしいやら」ずっと上からおりてきたおれは、急にうろたえはじめた。「ご本人を前に置いて、その、本人のことを申すのはなんですが、美しい、といっていいのかどうか」わけのわからぬことを口走りながら、助けを求めるように彼はおれを見た。「だいたいわたしの妻は、その、来客があっても、冷やしたコーヒーなど持って出ては来よらんのです。あっ。いえこれはその悪口ではなく、つまり」

おもしろい面白い、と思いながらおれは、うろたえ続けるおれを眺めた。

「でも、美人でいらっしゃるんでしょ」と、妻が重ねて訊ねた。

「ええと。それが」彼はもじもじして畳にのの字を書き、急に何ごとかに気がついた様子でとびあがり、大声でいった。「美人です。むろん美人です。皆が美人だと言いますので、その」服のあちこちのポケットに手をつっこみ、ハンカチをとり出した。「しかしその、妻はあなたのようにその、たとえばその、家内でございます、などとは言いません」額の汗を拭《ぬぐ》った。

「はあ」妻は怪訝《けげん》そうな顔をした。「でも、美人でいらっしゃることは確かなんでしょう」

びくっとして、彼はまたとびあがった。「美人です。美人です。皆にそう言われておりまして」

「わたしなんか、ひとから美人だなんて言われたこと一度もありませんわ」

「それはつまり、そのですね」彼は発狂しそうな眼をしはじめた。「妻はその、美人だとひとから言われないと承知をしないのであって、本来その、美人とか不美人とかにはその関係ないというか、その」彼はおれを充血した眼で見つめた。「あなたがうらやましい」

おぼろげながら事情が呑《の》みこめてきたので、おれは話題を変えた。「どうですか。あなたの住んでらっしゃる家と、このわたしの家とですが、やはり同じようなものですか。それともどこか、違ったところがありますか」

「だいたいは同じですな」彼は室内を見まわし、最後にテレビを見て眼を細めた。「この、テレビが違います。わたしの家のは、これと同じメーカーのものですが、もうひとまわり大型です」

妻がとびあがった。「あらっ。それはきっと、わたしたちが買いたくてとうとう買えなかったあのテレビですわ。ねえ、あなた」

「そうらしいな」おれはうなずいた。「ところで、あなたがご自分のお宅を出られてこの下の方へやってこようとなさった理由は、本当のところ何ですか。そういった、こまかい違いを見つけたいというだけではありますまい」

「その通りです」彼はきちんとすわりなおした。「まあ、そもそもは好奇心からですが、並列的にたくさん存在するこのわたし、上から下へずらりと無限に存在するこのわたしの中には、わたしよりももっとすばらしい生き甲斐《がい》を見出《みいだ》し、もっと楽しい生活をしている自分がいるのではないか。もしそういうわたしが存在するなら、会ってわたしの生活の向上のためそのわたしのやりかたを学びたいと思ったからなのです」

「ははあ」おれはちょっとびっくりした。「わたしはそんなこと、考えたこともありません。そこがあなたとわたしの違いなんでしょうかねえ」

「いや、考えかたの違いというよりはむしろ」彼はかぶりを振った。「きっとあなたはわたしより、ご自分の生活に自信をお持ちなんでしょう」

「しかし、好奇心が旺盛《おうせい》で、もっと他の自分を見てまわりたいと思った人も、あなたひとりではないはずでしょう」と、おれはいった。「たとえばあなたのすぐ上のあなた、あなたのすぐ下のあなたも、あなたとまったくの同一人物である以上、考えも同じのはずだから、やはりあなた同様、上の方や下の方を見てまわりたいと思い立たれたはずですが」

「その通りです」彼は苦笑した。「わたしのいるあたり上下二十ほどのわたしは、すべて旅に出たがりました。しかし二十人ものわたしがぞろぞろ団体で上なり下なりに行けば、来られた方のわたし、つまりあなたがたが迷惑します。そこで談合の末、抽籤《ちゅうせん》をしました。旅に出る者ふたりを選び、それぞれが上の方と下の方へと出発したのです」彼は夢見るような眼つきをして庭さきを眺めた。「それぞれが行けるところまで行き、そしてある程度満足すべき収穫を得たのち、必ずもとのところまで戻らなければなりません。はい。それはもう、約束ですので」

「出発なさったのはいつ頃ですか」

「もう、一カ月も前になります」

「ほう。すると、この異変が起ってから一カ月めくらい、ということになりますね」

「ええ。そうですね。つまりこの異変が起ってから、もう二カ月経《た》つわけです」

おれたちは顔を見あわせた。「早いものですなあ」

二カ月前のことである。

その日、日曜日だったのでおれは市街まで出かけて映画でも見ようと思い、ひとりふらりと家を出た。

おれの家は、海岸に迫った山の中腹にある。つまり家を出て下へ行けば海、上へ行けば山頂に近づくわけで、だいたいこのあたりは南北を海と山にはさまれた細ながい町が東西にずっと続いているのだ。おれの家のすぐ山側には厄除《やくよ》け八幡《はちまん》という神社があり、境内は広くて木が繁《しげ》り、ちょいとした森みたいになっている。家を出て通りを下ると商店街になり、その商店街を抜ければ国鉄の駅へ出る。この駅のプラットホームに立ってうち眺めると海が見渡せるのである。海と駅との間には、海神社とか綿津見神社とか呼ばれている海神を祀《まつ》った神社があり、この神社の境内にも、やはり木が多い。このあたりは昔から漁村でもあったため、そういう神様を祀ってあるのだろう。

映画の封切館がある市街地へ行くには国鉄の電車に乗らなければならない。おれはプラットホームにあがり、ベンチに腰をおろした。すぐ眼の前に神社の森の木の梢《こずえ》と社殿の屋根が見えた。

「おかしいな」と、おれは思った。

たしかに見馴《みな》れているはずの社殿の屋根であって、なんの変りもないのだが、それがそこに存在することに、なんとなく違和感があったのだ。森の木立にも違和感があった。そういえば海神社の境内にこの種類の木はなかったはずだ、そう思い、おれは立ちあがった。

立ちあがるなり、頭がぐらぐらした。その社殿は、いつもそこにあるはずの海神社の社殿ではなく、驚いたことにはおれの家のすぐ上にあるはずの厄除け八幡の社殿だったのである。見馴れているのは、海神社の社殿だったからではなく、厄除け八幡の社殿だったからであった。社殿だけではない。境内の森も社務所も、そこにあるのはすべて厄除け八幡のものである。

「海神社と厄除け八幡が、いつから入れ替ったんだ」おれはうろたえてそんなことを口走り、プラットホームの端まで行って神社を見おろした。

「わっ」おれは立ちすくんだ。

厄除け八幡のすぐ下には、見憶《みおぼ》えのあるおれの家があった。おれの家の前の道路ははるか下方の商店街へと続き、その商店街の突きあたりは国鉄の駅で、駅の彼方《かなた》にあるのはまたもや厄除け八幡、その彼方にはおれの家があり、家の前の道路ははるか下方の商店街へ続き、その商店街の突きあたりは国鉄の駅で、つまりどこまで行ってもきりがなく、そしてどこまで行っても海がなかった。

「海がない」おれはとびあがった。

なだらかな傾斜がえんえんと下っていくばかりで、海という行き止まりがないのである。プラットホームに佇んでいた三、四人がおれ同様に騒ぎはじめた。

「わっ。海がない」

「ひゃあ。これは何ごとだ」

　それは国鉄の線路を各世界の継ぎ目にして南北に同一の街並みがつらなった平行世界であった。見渡す限り同一の街並みが無数に並んではるか下方、地獄まで下っているのではないかと思える果てしない傾斜となって谷底へ無限に落ちこむように続いている。おれは振り返り、今度は山の方を見あげた。商店街の彼方にちらりと見えるのはたった今おれが出てきたばかりのおれの家、その彼方には厄除け八幡、そこまではよいのだが厄除け八幡の背後には高架ができ、その高架の上はあきらかに国鉄の線路とプラットホームであって、そこからはさらに上へと平行世界がつらなり、どんどんどんどん山腹をのぼり、その山腹には頂上というものがなく、それははるか空の彼方へ、いや、空も地面と同様に、傾斜しているといえばよいのか段になっているといえばよいのか、雲などははっきりと国鉄の線路の上あたりで継ぎ目みたいにその形に食い違いを生じていて、それはもはや形容のしようのないおかしなものであって、とにかくどこまでも地表と平行に上へ上へと続いているのだ。

　東西はといえば、これは左右見える限りのところまでは今まで通りのものがどちら側にも続いていて、想像するにどうやらテープ状をなした同一の世界が南北につなぎあわされ、山腹の傾斜にあわせて全体がぞろりとどこまでも傾いているといった様子である。

おれはあまりのことにしばらくはなんの行動を起す気もせず、ぼんやりしていた。あまりのことに、などという表現はあまりにもなまぬるい。あまりのことに、といったって、これ以上あまりのことはないのだ。

いつまで経っても電車はこなかった。きっとレールが、海や山頂や海神社同様、この平行世界の外へ、どこかの部分でとび出してしまっているのだろう。それとも停電だろうか。

そうこうするうち、とてつもない可能性に思いあたり、おれはぎゃあと叫んでまたとびあがった。それは事実その通りだったのであるが、同一の街並みがつらなっているとすれば、そこで生活している人間も、そしておれも、このつらなりの数だけそれぞれの同一場所にひとりずつ存在しているという勘定になるのだ。

ここから見える上下の無数のあのプラットホームに、そんなこまかいところまでは見えないものの、やっぱりひとりずつおれが立っていて、それら無数のおれがいずれも途方に暮れて佇んでいるのだろうか。

「おれの家がない」そういっておどりあがったやつがいた。駅の海側か厄除け八幡のさらに山側に家のある男なのだろう。おれのすぐうしろにいた中年のサラリーマン風の男だが、彼はそう叫んだあと泣きもわめきもせず、嬉《うれ》しそうに笑いはじめた。

「わははははは。おれの家がない。どこにもない。もうどこにもないのだ。バンザイ」

彼のことばで、おれはふと自分の家のことを考えた。

おれの場合は彼と逆であって、つまり上下無数におれの家ができてしまったわけであるが、そこにはやはりおれの妻がひとりずつ、無数にいるのだろうか。

確かめるため、おれはプラットホームの階段を駈《か》けおり、改札口を通り抜けて駅からとび出し、駅のすぐ下の厄除け八幡の境内を駈け抜けてわが家の玄関に駈けつけた。玄関の格子戸《こうしど》をあけようとし、おれはふとためらった。

「ア。ココハオレノイエデハナイ」

おれが出てきたおれの家は駅の彼方、商店街のずっと上にあるのだ。したがってこの家の中にいる女は、いかによく似ていようと、いや、たとえ同一人物であっても、それはおれの妻ではないのだ。

それでも、そこに妻が、いや、妻と同じ女がいるのかどうかははなはだ興味をそそる問題であったので、おれは格子戸を開けた。

「ごめんください」

「はい」妻が出てきた。

あきらかにそれは妻であった。しかしそれはおれの妻ではないのだ。そしてこの女の夫は現在、おれ同様もうひとつ下のおれの家を訪問しているに違いなかった。同様に今現在、この家のひとつ上にある本来のおれの家へはさらにもうひとつ上のおれが訪れているはずだった。

「なんだ。あなただったの。どうなさったの。映画には行かなかったんですか」

「はい。行きませんでした」と、おれは答えた。「ちょっと異変がありまして、それでまあ、こうしてお邪魔しているわけであります」

「異変って、どんな異変。財布でも落したの」

「いや。そんな単純な、ありふれたものではありません。駅のプラットホームまで行きますと、すぐ下に厄除け八幡があったのです」

「プラットホームからま下に見えるのは、あれは八幡さまじゃなくって、海神社でしょうが」

「本来ならばそうです。ところがなんと、厄除け八幡がそこにあり、さらにその下にはこのお宅があったのです。それで驚いてうかがったのですが、つまりわたしはあなたに映画を見に行くからといい残してこの家をさっき出て行ったわたしではなく、即《すなわ》ち、わたしがあなたにこんなにていねいな喋《しゃべ》りかたをしているのは、いつもよくやるようにふざけてやっているわけではなくて、あなたがわたしの妻ではないからです。早い話が、あなたは他人です。これは決してその、比喩《ひゆ》的にいっているのではなく」

わーっ、と、妻が泣き出した。おれは立ちすくんだ。

「結婚してまだ三年めなのに」と、彼女はいった。「もはや気ちがいの奥さんというのでうしろ指さされる運命になっちまったんだわ。わたしがあなたをいじめたからあなたの気が変になったように世間では思うわ。あなたの親戚《しんせき》や何かもみんなそう思うにきまっているわ。絶対にそうだわ。あーん」彼女は泣き続けた。「わたし、あなたが発狂するようなこと何もしなかったのに。毎晩狂ったのはわたしの方で」

「まあ、ちょっとお待ちなさいあなた」おれはあわてて彼女の手をとり、道路へつれ出した。他人の妻の手を握るのはちょっと気が咎《とが》めたが、どうせほかのおれだって、現在ほかのおれの妻の手を握っているのだ。「狂ったのはわたしじゃなく、世界の方です。これをご覧なさい」

「ひゃあ」平行世界のとてつもない光景を見あげ見おろして、彼女は眼を丸くし、唇を顫《ふる》わせた。「どうして。いったいどうしてこんなことに」

おれは黙っていた。そんなこと、わかるわけがなかった。

彼女はしばらくぼんやりしていたが、ぼんやりしているように見えて実はけんめいに頭を働かせていたのだろう、急に家の中へとって返し、すぐ買物袋と財布を持ってとび出してきた。

「買い溜《だ》めしとかなくちゃ」と、彼女はいった。「こんなことが起ったのでは、必ず物価があがるに決ってるわ」

おれはその時、女というもののあまりの現実密着ぶりにいささかげっそりしたのだが、あとでそのために、こと食べものに関してはだいぶ助かることになったのだからあまり悪口は言えない。

本来のおれの家でも、本来のおれの妻が買い溜めをするために家を空けているだろうから、早く帰って留守番をしなくてはならなかった。おれはさっそく自分の家へ戻ることにした。ここでぐずぐずしているともうひとりの自分が戻ってきて顔をあわせることになる。自分に会うのはなんとなくいやだった。いやなやつであるに決っているからだ。

ふたたび厄除け八幡の境内を抜け、駅のあたりへ来たついでに、この平行世界の継ぎ目の部分がどうなっているかを調べるため、高架にそって百メートルほど歩いてみた。高架のすぐ下の家などでは、家の南半分が消失し、室内がまる見えというのもあったし、地面の高さに食い違いが生じて断層が露出した部分もあったが、だいたいのところはなんとかかんとかおかしな具合に辻褄《つじつま》があっていた。

パチンコ屋ではあいかわらずレコードが軍歌をがなり立てていた。してみると停電はしていないらしい。この世界に発電所が残っているか、電気だけは他の世界からやってくるのか、どちらかであろう。

商店街の連中が騒いでいたが、彼らの声高の会話によって、だいたいどういうことになっているかが次第にわかってきた。

「もう、店を仕舞え。食いもんは売るな」

「ガスは出よりますぜ」

「電気はつくけど、テレビには何も映りよらん」

「電話も通じまへんな」

「水は出るようやけど、いつ断水にならんとも限らんから、溜めといた方がよろし」

「女房が戻って来まへんのや。あいつ、八幡さんの上へ配達に行きよったさかい」

「これ、いつもとへ戻るんやろ」

さて、いつもとへ戻るのか。そもそもこの異変はもとへ戻るとかなかなか戻らぬとかいった種類の異変なのか。あるいは絶対にもとへ戻ることはないのか。おれにはまったく、何もわからなかった。

歩いていくうち、上の方から坂をおりてくる妻に出会った。「あらあなた。今しがた、上のあなたがうちへ来たばかりなのよ」

思っていた通りである。「知ってるよ。そしてお前はこれから買い溜めしに行くんだろう」

「どうして知ってるの」そういってから妻はきら、と眼を光らせ、おれの腕をつかんだ。「下のわたしに会ってきたのね。そのひと、どんな様子だった。わたしと同じ服、着てた。わたしより美人」

またしても状況にそぐわぬ現実への過密着である。「そんなこと、どうでもいいじゃないか」そういって腕を振りほどこうとし、おれはある重大事に思いあたり、ぎょっとして逆に妻の腕をつかんだ。「おいっ。いくら興味があるからといって、やたらに上のお前や下のお前、上のおれや下のおれに会いに行くんじゃないぞ」

「あら。どうしてなの」

「わかってるじゃないか。この世界が急に、もと通りの世界になった時の用心だ」おれは腕を振りまわしてわめいた。「そうなった時、お前が上のおれなり下のおれなりの家に行っていたとしたら、お前はもう二度とおれのところへは戻ってこられなくなるんだぞ。お前はもうこの世界に存在することができなくなるんだ。そうなるとおれは独身になり、またもや自分で飯を炊《た》かなきゃならなくなる。こんなことになった以上、会社へ行ったって仕事にならんし、会社そのものがあるかないかもわからない。するともう一度新しい結婚相手を会社の中で見つけるのは困難だ。この町にはお前以外に人間らしい顔つきをした女はいない。おれは非常に困るのだ。またそれとは逆に、上や下のお前やおれがおれの家に遊びに来ている時にこの世界がもとの世界に戻ったら」おれはわあと叫んでとびあがった。「大変だ。おれはそいつらを養ってやらなきゃならないことになる。おいっ。もし他のおれやお前に会ったら、くれぐれも注意しておいてくれ。お互いに、自分のテリトリーからはみ出すなとな。もし大勢のお前がおれの家で集会を開いている時に異変が終ったら。わあ。大変だ」おれはわめき散らした。「おれは同じ顔をした何人もの女を妻にしなければならなくなるのだ。そんなことになれば食うものはたちまちなくなり、貯金が底をつき、今だってへたにお前を愛し過ぎているきらいのあるおれはたちまち痩《や》せ細り」

ふと周囲に眼を向けると、数人の野次馬がおれを取りかこみ、耳を傾けていた。みんなこの異変にどう対処してよいかわからず、ともすれば何か意見を持っていそうな人間のところへ集まってくるのだ。肝心の妻は、いつの間にかいなくなっていた。早く買い溜めをしなくてはならないことに気がついたのだろう。事実、近くの乾物屋では商品の争奪戦が始まっていて、罐詰《かんづめ》が乱れとんでいた。

さて、それからあと数日間の混乱というものは、とにかくもうひどいもので、どれくらいひどいかというと簡単に説明できぬくらいひどいもので、あまりひどいからくわしい説明は省略するが、その混乱の中でも特に突拍子もないものだけ記しておこう。おれの家の近辺の、おれのテリトリー内では、異変当時にこの世界の上下の部分からやってきていた連中数十人が家へ戻れなくなり、海神社のさらに海岸側にあった警察署まで存在しなくなったのをいいことに、半強制的物乞《ものご》い、掠奪《りゃくだつ》空巣狙《ねら》い、果てはやけくそになって強姦《ごうかん》まで働きはじめたが、そのうち数人が犯行現場をとり押えられ、夜の熱気の中で野次馬から私刑《リンチ》にあい、惨殺《ざんさつ》されたため、残りの連中はおとなしくなり、次第に落ちつくべきところへ落ちついた。どういう具合に落ちついたかはご想像にまかせるが、一方でこの連中とは逆に、異変当時この世界の外へ出かけていて帰ってこられなくなった人間も、ほぼ同数あった、といえばその落ちつきかたを想像するヒントになるだろう。

住宅に住んでいる連中の多くは勤務先が消失して家でぶらぶらすることになったが、この連中ひまにあかせて上や下にある自分の家を覗《のぞ》きに出かけ、中には三つも四つも下へ行ったやつがいくつ下へおりたかわからず、自分の本来のテリトリーが不明になったりしたため、一軒の家、ひとりの妻に、亭主が三人できたりして、大《おお》喧嘩《げんか》のあげくついには血を見る騒ぎにまで発展したという。

食糧の方は、女房が貯金をはたいてけんめいに買い溜めしてくれたお蔭《かげ》でなんとか当座はしのげたが、あとは家庭菜園でも作って自給自足の生活をする以外になく、少なくともわが家では野菜などを作れる広さの庭があったので餓《う》えに見舞われる事態を免れたものの、値上りはげしい食料品を買う金がなくてひどく苦しんでいる連中もいた。しかし、この世界の、わが家からさほど遠くない東の端が海に面した漁村であったことと、西の方が農村地帯であったことが幸いし、餓死するまでに餓えた人間はひとりも出なかったようだ。

この世界の東西が、南北約三百メートルの幅のまま今まで通りどこまでも続いているのかどうか、そんなことは、ラジオも聞こえずテレビも見えず、新聞もなく交通機関が失われた今となっては、わかるわけがなかった。ただ、自家用車に乗ってどんどんどこまでもすっ飛ばしたやつの話では、東側というのはさっきもいったようにおれの家から約五キロ、市街地へ出るだいぶ手前で海になっていてそこは漁港、一方西側は農村地帯を抜け工業地帯を抜け、異変の時に水があふれて以来、水のない川となったその二級程度の川を渡り、さらに数十キロ走ったところで平凡な海岸になっていて、やはりそこで行きどまりということであった。どうやらおれの住んでいたあたりというのは、たいへんゆるやかなカーヴで岬のようになっていたところらしい。東西の海の彼方《かなた》がどうなっているかは、漁船もあまり遠くまで出ないようにしているため、わからないということであった。

そうこうするうち次第に市民警察のようなものもでき、お役所めいたものもでき、住みやすくなってきて、まったく人間というのは環境への適応が早いというのか順応性があるというのか、あきらめが早いといいおうかいい加減といおうか、馬鹿《ばか》というか利口というか、どんな異変が起ってもたいていしまいにはなんとか落ちついてしまうのだから不思議なものである。

「これはどうも、ながい間お邪魔してしまいました。ご馳走《ちそう》さまでした」ずっと上のおれが腰を浮かせた。「そろそろ下へ参りますので、これで失礼を」

「そうですか」おれも、彼と一緒に立ちあがった。「では、上のわたしから言われていますので、下のわたしの家までお送りしましょう」

ずっと上のおれは、玄関まで送りに出たおれの妻をあらためてしばらくじろじろ見てから、ほっと吐息をつき、おれと並んで歩きはじめた。

「この異変は」と、歩きながらおれはいった。「科学的に説明のつくものなんでしょうかねえ」

「さあ」ずっと上のおれは首を傾《かし》げた。「数学における、可能性の問題が現象化されたものだといっている人がいますね。起り得る可能性の数だけこの世界が並んでいるというんです」

「とすると、それは無限」

「そうですね」彼はうなずいた。「上下くっついた世界では、さほどの違いがなく、はなれるにつれて違いが大きくなるという事実がそれを証明しているというわけです。つまり遠く離れたところほど、早い時期に別のことが起っているため、現在の相違もはなはだしいのです。たとえば」彼は商店街のとっかかりの、うす汚い漢方薬店を指した。「わたしたちのところでは、この店の親爺《おやじ》が自殺をしました。ところが、聞くところによればこのあたりでは、そうじゃないらしいですね」

おれはびっくりした。「自殺をしたのは息子の方です。親爺なんて、とても自殺するようなタマじゃないですよ。信じられませんねえ」

「それだけの違いがあるわけです」彼はまた、大きくうなずいた。それから急に声をひそめた。「奥さんのことですがね」

来たな、と思い、おれはにやりとした。「ええ」

「あなたの奥さんがあんなにおとなしいのはなぜですかね。彼女はやはり、あなたの会社の経理課長のお嬢さんでしょう。そして、会社の受付をしていられたのでしょう」

「そうです。あなたの奥さんもそうですか」

「そうです。ところがわたしの妻は」彼は咳《せき》ばらいをした。「あなたの奥さんは、あなたの上役のお嬢さんでありながら、どうしてあなたに対して威張り散らさないのですか」

「そりゃあ、だって」おれは苦笑した。「ぼくが結婚してやらなきゃ、彼女や彼女の両親が困るはずだったからですよ」

ずっと上のおれは商店街のど真ん中で立ちどまり、まじまじとおれの顔を見つめた。「なんと、おっしゃいました」

「だからですね」おれも彼と向かいあって立ちどまり、説明した。「だって、妊娠てしまっては、早く結婚する以外にないでしょうが。でないと父《てて》なし子が生まれてしまう。そこで彼女も、彼女の両親も、たいへんあわてたというわけですよ。泣かんばかりにして、あんなに毎日のようにわたしのところへやってきて、早く結婚してやってくれと頼みこんだのも結局はそのためじゃありませんか」

彼は眼を見ひらいた。「妊娠。いったいその、妊娠とはなんです」

「あなた、妊娠を知りませんか。妊娠というのは女が」

「そんなことは知っています」彼は苛立《いらだ》たしげにかぶりを振った。「わたしが訊《たず》ねているのは、彼女を妊娠させたのはいったい誰かということです」

「そんなことわかっているでしょうが。わたしですよ。つまり、下宿へやってきた彼女を強姦同様にして」

ずっと上のおれは、大きな口をあけ、信じられぬという眼つきでおれを見てから、叫ぶように言った。「それを、あなたがやったんですか。彼女を無理やり」

「えっ。じゃあ、あなたはやらなかったんですか」おれは身をのけぞらせた。

「わたしにそんなこと、やれるわけがないでしょうが」彼は憤然としてそう叫んだ。

「そんな、けものじみた犯罪が」

「犯罪とはなんですか犯罪とは」おれはかっとして、彼の胸ぐらをつかんだ。「それをやったからこそわたしは、上役の娘と結婚することができたんじゃありませんか。そんならあんたは、いったいどうやって彼女と結婚することができたんですか」

「決っています。係長についてきてもらって課長のお宅へうかがい、娘さんと結婚させて下さるようにと、正式の申し込みをしたのです。課長ご夫妻はなかなか許して下さらなかった。しかし毎日のように何度も足を運び、泣かんばかりにして頼みこんだおかげで、どうにか熱意を認めて下さり」

おれは彼の服から手をはなし、にやりとした。「わかりましたよ。あなたの奥さんがなぜ悪妻であるかという、その理由がね」

「何ですと」今度は、ずっと上から来た方のおれがかっとして、おれの胸ぐらをつかんだ。「妻のおかげでわたしは係長にまでなれたのですよ。あなたはどうです。さっきの、ここからひとつ上のあなたに聞いたところでは、あなたがたはまだ主任ですらないではありませんか。強姦するような人間だから、課長から信用してもらえず、昇進しないのです。あたり前です」

「そうでしたか」おれは彼の手を振りはらった。「それではあなたは、ほかの自分に会って自分の生活の向上に役立てたいなどと調子のいいことを言っておきながら、じつはほかの自分の欠点や駄目な生活ぶりを見て安心し、自己満足にふけりたかったというわけなのですね」

「わたしは」彼は怒りを押え、大きく呼吸した。「そういうあなたのような自分の、いやらしいところを否定します」

おれはなおも言いつのった。「それではあなたは、もっともっと下へ行き、強姦することによって課長の娘と結婚できた自分がわたしよりももっともっと落ちぶれている可能性があることを確認したいのですね」おれはうなずいた。「それは実は、あなたが駄目な人間だからでしょう。あなたは自分が駄目な人間であるために奥さんが悪妻になったのだということを知っている。だからこそ自分よりももっと駄目な人間を見て安心したいのですね」

「そうではありません。なぜかというと、上の方へ行ったわたしは、きっと、わたし同様正式の手順を踏んで結婚にこぎつけたわたしが、自分たちよりももっともっと夫婦仲がよいという事実を発見しているに違いないからです」

おれはそっぽを向いた。「そのような可能性は、考えられません」

彼はにやりと笑った。「それではあなたは、そのような可能性がこわいため、上へも下へも行かず、互いのテリトリー内にじっと身をひそめているのですね」

「なんですと」

「何です。何か文句がありますか」

おれたちは握りこぶしを振りあげ、相手に殴りかかろうとした。だが、殴りあいはやめた。ふと気がつくとおれたち二人の周囲は黒山の人だかりだったからである。

おれたちはしかたなく肩をすくめ、肩をすくめたままもと通り並んで今度は無言のまま商店街をくだり、ガード下を抜けた。

ひとつ下のおれの家の前におれたちは立ち、おれはチャイムのボタンを押した。

おれが出てきた。「やあ」

「おれ、上から来たんだがね」と、おれは言った。おれは、おれと同じ服装をし、おれ同様の不精髭《ぶしょうひげ》を生やしているそのおれの顔をじろじろ見た。そのおれも、おれの顔をじろじろと見た。

おれは言った。「やっぱりおれに不精髭は不似合いだね」

そのおれは、かっとした様子で大声を出した。「そんなことはどうでもいい。何の用だ。互いに、あまり他のおれの家とは行き来しない約束だっただろ」

「あんたは今、おれがさっき怒ったのと同じ怒りかたをしたよ」おれはにやにや笑った。「今日は特別だ。上のおれからの順送りで、ひとをつれてきたのさ」

「ひとって、誰だね」

「ずっとずっと上の方のおれなんだってさ。どれくらい上かというと、それはもうずっと上で、だいたい二百五十か二百六十ぐらい上の……」


（「別冊宝石」昭和五十年十月）

万延元年のラグビー

1

水戸藩の脱士約二十人が、集合場所の愛宕山《あたご》からおりて、外桜田までやってきたのは朝八時ごろである。雪はまだ降り続けていた。

「ここで全員、ばらばらになる。打ちあわせ通り、散れ」と、総指揮者の関鉄之介《てつのすけ》がいった。

打ちあわせというのは、ここで井伊《いい》大老の行列が近づくのを待ち、まず前衛を襲い、輿《こし》の付近の護衛が薄れた時、これに乗じて大老を討つというもので、左翼からの斬《き》りこみ七人、右翼七人、うしろから斬りこむのがふたり、予備ふたり、斥候ひとりという具合に、全員の役目や待機場所もちゃんと決められている。

さっそく全員が待機の体勢をとった。ある者は通行人を装《よそお》って、濠《ほり》ぞいにぶらりぶらりと歩きはじめた。また他の数人は、葭《よし》掛《か》けの茶屋に入り、のんびりと雪景色を眺める態《てい》を装った。諸侯が登城するのを見学するふりをして、路傍にうずくまる一団もいた。その中には、分厚い大名武鑑を持ってきた念入りな者もいる。つまりこのころは、役者の写真入りパンフレットを見ながら芝居見物をするような調子で大名行列を見学するというのが流行していたわけである。特にこの桜田門の付近は、石垣と松と碧水《へきすい》の配置まことによろしく、ちょうど舞台装置のような絵づらの眺めであった上、有名諸侯が登城するからいわばオールスターの顔見世興行を見るような気分になれたのである。

それからさらに一時間。

巳《み》の刻を告げる太鼓が城中で鳴った。午前九時である。

彦根藩邸の赤門を出た井伊大老の行列が、前後六十人ばかりの供揃《ともぞろ》いでやってきて、桜田門の方へ左折しようとしたのは、九時を十数分過ぎた頃であった。

銃声が轟《とどろ》いた。

ぱい、い、い、い、いん。

「ほっ。合図だ」

「ほっ」

「ほっ」

傘を投げ、ぞばっ、と雪の上へ合羽《かっぱ》を捨てた一団が、抜刀しながら、ぽっ、ぽっ、ぽっと雪を蹴《け》って行列前衛へ駈《か》けた。

万延元年三月三日。いわゆる「桜田門外の変」の幕はここに切っておとされた。

武士数名が刀を抜いて走ってくるのを見て仰天したのは、行列の先頭にいた連中。

「は、曲者《くせもの》」

「は」

あわてて刀を抜こうとしたが、雪のための雨衣重装で戦闘姿勢がとり難く、さらに刀の柄《つか》に掛けている羅紗《らしゃ》袋のために鞘《さや》をはらうことができない。

「ひ」

「ひひい」

不意を襲われたため、ほとんどが周章狼狽《ろうばい》し、雨衣や袋の紐《ひも》をほどこうと、雪の上で背を丸め、身をよじり、歯がみし、地だんだをふんでいる。

いちばん先に斬りこんだのは森五六郎だった。

「どわしっ」

大上段に振りかぶった刀を、掛け声もろとも先頭のひとりめがけて斬りおろした。斬られたのは供頭の日下部《くさかべ》三郎右衛門《さぶろうえもん》だった。柄袋の紐に気をとられていたため、三郎右衛門は肩を深く斬られてのけぞり、「と、わ」と叫んで雪の中へざど、と倒れた。

前衛の従士たちは、ある者は壮士の一撃を柄で禦《ふせ》ぎ、ある者は刀室のままで闘いはじめた。たちまち濠端の雪景に血がとび散った。

「とやっ」

「うが」

「ほええっ」

「ちい」

曲者だというので、輿のまわりを警護している者や後衛の者までが、抜刀して前列の方へ駈けはじめた。そこへ、手薄になった輿側めがけて稲田重蔵、有村次左衛門《じざえもん》、佐野竹之介《たけのすけ》、新納鶴千代《しんのうつるちよ》などが斬りこんだ。この時、井伊家中で第一等の達人といわれる供目付の河西忠左衛門《かわにしちゅうざえもん》は、さすがに輿の傍らからは離れなかったが、先頭の騒ぎに完全に気をとられていた。稲田重蔵は、この忠左衛門に横あいから斬りかかった。

「どべらっ」

忠左衛門の顔の前半分は、ずべらぼ、と切り落とされ、血の噴出する真紅の断面には、眼窩《がんか》、口腔《こうこう》、鼻孔の四つの穴が黒く開いた。

「うぐ、げ」

ぽっかりあけた口の奥からそんな呟《つぶや》きを洩《も》らし、忠左衛門はまっすぐ前へ棒のように、ざど、と倒れ伏した。

勢いに乗じて輿に駈け寄ろうとした稲田重蔵を、背後から加田九郎太が襲った。

「こんどら」

叫びとともに九郎太は重蔵の背のまん中をばらずんべら、と切り裂いた。

「うぎ」

重蔵はたまらず、身をよじりながらどばさと倒れた。九郎太はさらに輿を守り、壮士広岡子之次郎《ねのじろう》、海後嵯磯之介《かいごさきのすけ》のふたりを相手に激しく斬りむすびはじめた。

「が、ぐ、ふぬ」

深傷《ふかで》にあえぎながらも、いったんは倒れた重蔵がゆろりよらりと立ちあがり、苦痛に背をねじりながら輿に近づき、備前助定をふるってしゅべらど、と輿中に第一刀を突き刺した。

「ふぐむが、ぐ」

輿の内部の大老の呻《うめ》き声を聞き、稲田重蔵は血まみれの顔でにやら、と笑った。

そしてごば、と雪の中に頭を落して絶命した。

あとを引受けたのが、加田儿郎太をやっとのことで斬り倒した有村次左衛門と佐野竹之介である。ふたりは何度も何度も輿の中を左右から乱刺しにした。

すべら。

しゃばどす。

「えっ」

「い」

ずびずば。

「…………」

大老の呻き声が聞えなくなった頃を見はからい、次左衛門が輿の戸を開いた。血に染まった大老が虫の息でざ、ぽと路上へころげ出てきた。次左衛門はその首をぷつぐりがりと斬り取って刀の尖端《せんたん》に突き刺し、高く歓声をあげた。この間、わずか十二分と数十秒であった。

記録では、この斬りあいで死んだ者は壮士側が稲田重蔵ひとりだけ、重傷のため自刃した者は四人である。一方、大老側は即死者が河西忠左衛門他三人、負傷者は日下部三郎右衛門以下十五人となっている。あとの四十人あまりの従士はどうしたのであろう。どうも逃げたとしか思えない。

さて、大老の首を刀の先に刺した有村次左衛門は、そのまま首を高くさしあげ、身に数創《すうそう》を負っているため、幾分よとよとしながら現場をはなれようとした。この有村次左衛門だけは、水戸を脱藩した他の壮士たちの中にあって、ただひとり薩摩《さつま》藩士であった。一説によれば彼は水戸斉昭《なりあき》の飲み友達であったともいう。

この時、今まで隠れていた物陰から走り出てきて次左衛門に切りつけたのは、大老の従士のひとり小河原秀之丞《ひでのじょう》である。

「どばひっ」

ずばらりらんと背を切り開かれ、一瞬のけぞった次左衛門は、ゆっくりと振りかえって秀之丞をぐっと睨《にら》みつけた。

「わひ」

その凄《すさ》まじい形相にふるえあがり、秀之丞は足をもつれさせながら、あたらふたらと、ふたたび物陰へ逃げこんでいった。

二尺六寸関兼光の尖端に刺した大老の首を肩にかつぎ、有村次左衛門はまた雪の中をゆたらよたらと辿《たど》りはじめた。

「うが。ぐ、ぐぐぐ」

一ツ橋近くまで歩き続けた次左衛門は、三上藩の辻《つじ》番所の傍らまできてついに傷の痛みに耐えきれず、呻きながら倒れた。

「も、もう、歩けんわ」首を横に抛《ほう》り出し、彼は雪の上にあぐらをかいた。「ひどい痛みだ。もはやこの痛みから逃れる道はただひとつ。一刻も早く腹を切って死ぬよりほかにはあるまい」

次左衛門はさっそく、己れの腹にぐつ、ぷさと短刀を突き立て、むがと叫んで前にのめった。

「し、しまった。もはや腹を横にかき切る気力が残っておらん」前のめりの姿勢のままで彼は舌打ちした。「わは。これはひどいことになった。わへ。わへ。痛みが前よりもひどい。しかもまだ死ねない。わは。こいつは地獄だ。わはは。なんとかならぬものか」

その時、その傍《そば》を通りかかったのが若年寄遠藤但馬守《たじまのかみ》の用人粥川鞆夫《かゆかわともお》である。

「もし。もし、そこのかた」次左衛門が声をふりしぼって粥川に呼びかけた。「か、介錯《かいしゃく》を、介錯を、お、お願いいたす」

2

「殿。粥川鞆夫が、井伊掃部頭《かもんのかみ》の首を拾って持ち帰りました。如何《いかが》とりはからいましょうか」

瀬川監物《けんもつ》からそう聞かされ、遠藤但馬守は眼を丸くした。「いったい、何ごとだ。何があった」

「三上藩の辻番所近くで、腹を切った浪人がいます」と、監物はいった。「粥川が通りかかり、介錯をしてやったそうです。掃部頭の首は、その横にころがっておりました。どうやら水戸を脱藩した浪人たちが、登城途中の掃部頭を襲ったものと思われます」

「わはははは」但馬守が、だしぬけに笑いはじめた。

その大声に少しのけぞってから、監物が訊《たず》ねた。「殿。いかがなさいました。面白がっておられるような事態ではございません」

「いや、面白い。面白いというよりは、いい気味だ」但馬守は、なおも笑いつづけながらしきりにうなずいた。「掃部頭め。いい気味だ。罰があたったのだ。そうとも。これはもう、必ずや牛肉の恨みにちがいないぞ」

「殿。何をおっしゃいます。そのような不謹慎なことを口走られて、誰かに聞かれでもしたら大変です」

「なに、かまうものか。ほんとのことだからしかたがない。牛肉が食えなくなって掃部頭を恨んでいたのは、わしだけではないのだ。そうだ。あの、うまい近江牛を食うことができなくなったのは、彦根藩主の井伊直弼《なおすけ》が、国中の牛の屠殺を禁じ、江州《ごうしゅう》牛肉の出荷を中止してしまったためだ。わし同様、牛肉のうまさを知っているやつは他にも大勢いる。みんな、掃部頭を恨んでいた筈《はず》だ。掃部頭が死ねば、また牛肉が食える。みんな嬉《うれ》しがるにちがいないぞ」但馬守は眼を輝かせ、うきうきと身をゆすりながら喋《しゃべ》り続けた。「ありがたい。あのうまい江州牛肉がふたたび食えるのだ」

「ははあ。そういうものでございましょうかなあ」しばらくは茫然《ぼうぜん》と但馬守の様子の異常さを観察していた監物は、ほっと嘆息してそういった。「ところで、粥川の持ち帰りましたあの首、あれはいかがいたしましょう」

「隠しておけ」但馬守はくすくす笑って答えた。「井伊家のやつを、少し困らせてやろうではないか。首がなくてはみっともなくて、大老彦根中将の死を将軍家に報告することはできまい。面白いぞ」

「では、そういたしましょう」瀬川監物も、以前から掃部頭の過激なやりかたには反感を持っていたので、但馬守のことばに大きくうなずいた。

こうして井伊大老の首は帛《きぬ》に包まれ、新しい白木の箱に納められて、但馬守邸の奥の間に安置されたのである。

一方こちらは、変事の報告を受けてあたふたと現場にかけつけた彦根藩邸、井伊家中の連中である。血まみれの雪の中でやっと主人の死体を見つけることはできたものの、肝心の首がない。

「やや、これは大変。ご遺骸《いがい》に首がない」

「襲撃者が持ち帰ったに違いないぞ。よし。さっそく首の捜査班を作れ。手わけして殿の首の行方をさがすのだ」

「襲撃者の足どりを調べろ」

大久保権内《ごんない》の指揮で、家中の面面がさっそく八方に散り、首さがしをはじめた。だが、首の行方はなかなかわからなかった。ただし、襲撃者たちの消息だけは、その日のうちに彦根藩邸の大久保権内のもとへ次つぎに伝わってきた。

「ご報告いたします。現場で死んでおりましたのは、水戸藩の稲田重蔵と判明したそうでございます」

「うむ、やっぱり水戸の連中か」権内は口惜《くちお》しげに唇を歪《ゆが》めた。

井伊直弼と水戸斉昭の仲の悪さは世間に知れわたっている。特に水戸斉昭の牛肉好きは有名で、井伊直弼が近江牛の出荷を禁止してからは、再三にわたり、自分のところへだけでいいから送ってくれと頼みこんでいたのだが、簡単にことわられてしまい、それ以後はずっと掃部頭を恨んでいたのである。

「とりあえず、将軍家にだけはご報告申しあげなければなるまいが」権内はまた頭をかかえた。彦根中将の死を届け出ようにも首がないのではまったくさまにならない。しかたなく、怪我《けが》をしたということにして、とりあえず襲撃されたことだけを文書にして届けた。

「今朝登城掛外桜田松平市正《いちのかみ》正門前より上杉弾正大弼《だんじようだいひつ》辻番所迄之間《までの》にて狼藉者《らうぜきもの》鉄砲打掛凡《およそ》二百人余抜連駕籠《ぬきつれかご》を目懸け切込 候《さうらふ》に付供方の者共防戦致し狼藉者一人打留其《その》余手疵《てきず》深手負の者之有《これあり》付 悉《ことごと》く逃去り申候、拙者儀捕押方《とりおさへかた》指揮致候処《ところ》怪我致候間一と先《まづ》帰宅致候、尤《もつとも》供方即死左の通御座候、此《この》段御届申上候、以上
三月三日　　井伊掃部頭」

つまりこの時には襲撃者の人数がまだよくわかっていなかったため、約二百人から鉄砲で狙撃《そげき》されたなどという出たらめを書いたわけである。権内に大袈裟《おおげさ》に報告した従士がたいへんな臆病者《おくびようもの》で、関鉄之介が撃った合図の銃声を、二百挺《ちよう》の鉄砲だと思ったのであろう。

その後も襲撃者の消息が権内に報告されてきた。

「ご報告申しあげます。その後判明しましたところでは、水戸藩士山口辰之助《たつのすけ》、鯉淵要人《こいぶちかなめ》は林大学頭《だいがくのかみ》邸前で、広岡子之次郎は酒井雅楽《うた》殿の拝領屋敷前で、それぞれ

自刃《じじん》しておりました。いずれも重傷のため、逃げることができなくなって自刃したものと思われます」

「ふむ」

「ご報告申しあげます。水戸藩士大関和七郎他三名の者が細川家の表門から自訴し、斬奸状《ざんかんじょう》を差出したそうです」

「それでどうなった」

「そのままお預けとなりました」

「斬奸状を差出したのなら、襲撃者が全員で何名かわかるはずだ。もう一度行ってそれを調べてこい」

「かしこまりました」

「ご報告申しあげます。水戸を脱藩した佐野竹之介他三名の者、老中脇坂《わきざか》家へ自訴いたしました。現在、細川家へ預替《あずかり》となりましたが、この連中、いずれも深傷を負い、逃げ切れぬと悟って訴え出たものでございます」

「ふん、これで十二名か。あとの連中の消息はわからぬか」

「ご報告いたします。襲撃者は全員で二十名だったそうです」

「残りの八人の行方をさがせ。首はそいつらのうちの誰かが持っているに違いないぞ」

「申しあげます。襲撃者のひとりと思われます薩摩藩の有村治左衛門が、一ッ橋近くの辻番所わきで自刃しておりました」

「なにっ。すると薩摩藩士も一緒だったのか。その男は、首を持っていなかったか」

「首は持っていませんでしたが、誰かがこの男に介錯をしてやった形跡がありま す」

「なに、介錯。それは襲撃者の仲間か」

「さあ、それはわかりません」

「調べろ。その時刻、そのあたりを通った人間の中に、現場を見た者がいるだろう。誰かがその男に介錯してやっているところを見た者がいるかもしれん。早急に見つけ出せ」

「ははっ」

「申しあげます。残り七名の行方は、まったくわからぬそうです。この連中は、どうやら無疵《むきず》あるいは浅傷《あさで》のため、無事に逃げおおせたものと思われます」

「逃げられてしまってはいかんではないか。さがせ、さがせ」

「ははっ」

将軍家への届出で、掃部頭がまだ死んでいないことにはしたものの、白訴した者がいるわけだから、井伊大老の死はもう知れわたってしまっている。この上は一刻も早く首をさがし出さねばならないのだが、その行方がまったくわからない。権内はやきもきしてわめき続けた。「ええい、首はまだ見つからないか。首はまだか」

そこへ首捜査班のひとりが宙をとぶようにして戻ってきた。「申しあげます。三上藩辻番所わきでの、切腹と介錯の目撃者があらわれました」

権内は躍りあがった。「そうか。何と申しておる」

「介錯したのは若年寄遠藤但馬守の用人だそうです。遠藤家出入りの商人が見たというのですから、これは確実です。しかもその用人は、生首らしいものを裸のまま、袖で隠して遠藤家へ持ち帰ったそうです」

「ほ、本当か」権内は立ちあがった。

「本当です。あとの祟《たた》りを恐れて喋ろうとしないその商人を、死ぬほどの日にあわせて、やっと喋らせたのです。嘘をつくとは思えません」

「すぐ行く」と、権内は叫んだ。「すぐに遠藤家へ行って、首を貰《もら》ってくる。さあ、早く用意をせい」

あたふたと外出の支度をした大久保権内は、自ら数人の供をつれて馬場先門の近く、大名小路にある遠藤家へやってきた。

案内を乞《こ》い、座敷に通されてしばらくすると、瀬川監物が応対に出てきた。

「瀬川監物と申します」

「大久保権内です。こ、こ、このたびは、このたびは」権内はぺこぺこ頭をさげた。「主人掃部頭の首をお預りいただき、恐縮です。世間の眼にふれぬよう、そっと保管しておいてくださったご当家のお心遣い、まことに感謝にたえません。お陰でわが藩も恥をかかずにすみました。厚くお礼申しあげます。いずれまた改めてお礼にはうかがいますが、とりあえず、その、あの、首、首だけはその、一刻も早くと思い、こうして頂きに参ったわけで」

「はて、いったいそれは、なんのお話でしょうか」監物は表情を変えず、淡淡とした口調で答えた。「さっきからうかがっておりますと、何かこの、しきりに首、首と申されておるようですが、はてその首とはなんですか。いや、それはむろん、掃部頭殿が水戸藩の脱士どもから襲撃されたということは噂《うわさ》によって拙者もよく存じております。しかし掃部頭殿は怪我をされただけという報告が出ておるようにも承っておりますが」

「いや、あれは嘘《うそ》、いや、その、方便」権内はうろたえて少し高い声を出した。「そのことはいずれ、またの機会に詳しくご説明します。じつはご当家の人が、主人掃部頭の首をこのお邸《やしき》内に持ち帰られたとうかがったもので、拙者いただきに参ったのです。なにとぞ、なにとぞ、お渡し願いたい」権内は畳に額をこすりつけた。

「困りましたな」監物は、はじめて苦笑した。「そうおっしゃられても、わたしどもの邸には首などありません」

「えぇっ」権内は顔をあげ、自分の耳を疑うかのようにぶるぶると頭を横にふった。

「ご冗談を」

「本当です」監物は真顔に戻った。「もし掃部頭殿の首を発見していたとすれば、わざわざお越しくださるまでもなく、当方からお届けしています。だいたい、首を持っていながら持っていないなどと嘘をつく必要がどこにあるのです。そうでしょう」

「そうですね」

「もし家中の者が掃部頭殿の首を持ち帰ったのなら、すぐ拙者に報告してくる筈です。ところが、そんな報告はありませんでした。即《すなわ》ちこの遠藤家には、首なんかひとつもないのです。どこか、よそを捜されてはいかがですか」

「いえ、それはもう、あちこち捜したのですが」権内は、目撃者が嘘をついたのかもしれないと思った。「あの、それでも念のため、ひとわたり家中のかたに尋ねてみてはいただけますまいか」

「まあ、無駄だとは思いますが、お望みとあらば一応聞いてみましょう。ご返事は明日いたします」

「よろしくお願い申します」権内はまた、深ぶかと頭をさげた。

先方が首などないといっているのに、それ以上深く追及しては揉《も》めごとの種になってしまう。権内はしかたなく、手ぶらで藩邸へ帰ってきた。

「大久保様。いかがでございましたか」

「困ったことだ。あっちでは首など知らんといっておるぞ。目撃者の商人に、もういちど問いただせ。嘘をついとるのかもしれん」

「ははっ」

もういちど目撃者の、呉服商相模屋《さがみや》の番頭で弥一郎という男を邸内にひっぱりこみ、拷問《ごうもん》すれすれの目にあわせて問いただしたものの、言うことは変らないし、それ以上のことは何もわからない。

次の日の三月四日になると、首を持ち帰ったのが遠藤家の用人粥川靹夫であるという、別の目撃者からの新しい情報まで入ってきた。権内はやきもきしたが、遠藤家からの連絡はない。

掃部頭が生きていることになっている以上は、この日も登城しない理由を報告しなければならないため、井伊家ではふたたび、頭痛がし、疵が痛むので登城致しかねる旨《むね》を届出た。すると午後になって、将軍家から病気見舞いの使者がやってきた。

御小納戸《おこなんど》頭取
塩屋豊後守《ぶんごのかみ》

三月四日　御使者

其《その》方儀容体如何有之哉《いかがこれあるか》為御尋《おたずねなされ》

人蔘《にんじん》 一箱以《もつて》 御使者被 下《くだされさうらふ》 候事

もちろん将軍家でも井伊大老が死んでいることはよく知っているのだが、病気の届出があるのにそのままにしてはおけないから朝鮮人蔘一箱を贈ったわけである。

これで権内の苛立《いらだ》ちはますます激しくなり、じっとしていることができなくなって、また遠藤家へやってきた。

「これは権内殿」

「瀬川氏、ご家中のかたがたに、例の首のこと、お尋ねいただけましたか」

「尋ねましたが、誰も知らんそうです。当然でしょう。頭痛がして疵が痛むといっている人の首が、この遠藤家にある筈がない。ところで掃部頭殿のご容態はいかがですか。朝鮮人蔘は利《き》きめがありましたか」

監物の唇に浮んだ薄笑いを見て権内は、遠藤家が井伊家に対し何らかの意趣を持っているらしいことをはじめて悟り、愕然《がくぜん》とした。悪意だ、悪意があるのだ、心の中でそんなことをくり返しながら、権内はしばらく茫然と監物の白髪頭を眺め続けた。この上、粥川鞆夫の名前を出したところで、どうせ話はこじれるばかりだろう。そして皮肉なことばや厭味《いやみ》ばかりが返ってくるにちがいない。そう思って権内は、それ以上何もいわずにまたも手ぶらでひきあげたのである。

帰ってきてからよく考えたものの、遠藤家が井伊家に悪意を抱く原因がどうしてもわからない。家中の者と善後策などを相談しているうちに、二、三日が過ぎてしまった。

喰ひものの　恨みおそろし　桜田門

そんな落首が流行《はや》りはじめたのは、ちょうどその頃である。この噂を聞かされた権内はううむ、と唸《うな》って考えこんでしまった。

喰いもので思いあたることといえば、いわずとしれた牛肉である。誰が作ったかは知らないが、そういった落首が喜ばれているとすると、屠殺《とさつ》禁止令はどうやら新しいものが好きな江戸の町人にまで恨まれていたらしい。してみれば遠藤家の遺恨の原因もそれではないだろうか。

いや、他に思いあたる理由がないのだから、きっとそれにちがいないぞ。権内はそう思ったものの、こればかりはどうにもしようがなかった。

だいたい井伊直弼がなぜ牛の屠殺を禁じたかといえば、『史籍雑纂《ざつさん》』によれば「其故《そのゆえ》は直弼はもと僧になりたる事あり、仏法を信しける故、国中の牛を殺す事を禁せしなり」とある。つまり彼の個人的信仰が禁じるところをそのまま国禁にしてしまったのだ。ああいった殿の強引さが、嫌われる原因のひとつでもあったわけだな、権内はそう思って苦い顔をしたが、すでに国禁になってしまっている牛の屠殺を、今さら井伊家の家臣に過ぎぬ権内ひとりの力で改めることなど、とてもできない。

次の日、またもや江戸の町にこんな落首がひろまった。

　人蔘で　首を継げとの　御使

将軍家からの御使者が朝鮮人蔘で見舞いにきたことを、誰がどこからどう洩《も》らしたのか町人たちが知り、幕府の事大主義、タテマエ主義を茶化しはじめたわけである。早くなんとかしなければ井伊家の存続にもかかわる一大事になってしまうから、いても立ってもいられなくなった権内、ついに重大な決意をした。首を遠藤家から盗み出すことにしたのである。

「大久保様、お呼びでございますか」

井伊家お庭番、工藤半吉が庭先に平伏した。この半吉は安政五年、井伊直弼の腹心長野主膳《しゅぜん》が上京して、将軍の継嗣問題や直弼の大老就職運動のため暗躍した時、主膳の手足となって策動や偵察をした老忍者である。

「半吉、遠藤家の奥座敷から、殿の首級《しるし》を盗み出してきてほしい」と、権内がいった。「お前なら、そのくらいのことは、たやすくできるだろう」

「遠藤家、でございますか」半吉は白髪頭を傾けて渋い顔をした。「あそこには若手の忍者で笠原《かさはら》重夫という優秀なのがお庭番を勤めております。たやすくできるだろうとのおことばでございますから、大丈夫おまかせくださいと胸を叩《たた》きたいところでございますが、何分わたくしはもう老人でございます。動きも鈍くなっておりますから、どうしても慎重にならざるを得ません。はっきり申しあげて大久保様、このお仕事は相当難儀でございます」

「それは弱ったな。なんとかならんか」

「そうですな、それではあちこちのお屋敷から、お庭番をしている知りあいの若手忍者を集めて参りましょう。遠藤家でも、首を盗まれないように笠原重夫が数人の忍者を集め、チームを組んで警戒しております。こちらも対抗上グループ・ワークで参りたいと存じます」

「まかせる。とにかく是が非でもとり返してほしいのだ。早速とりかかってくれ」

「かしこまりました」半吉は一礼し、せめて上役の前だけでもよいところを見せようと、せいいっぱい装《よそお》った身軽さで背後の植込みのうしろへ逆回転でとんで入ろうとしてひっくり返り、庭石に腰を打ちつけた。「いてててててて」

その日の午後、またもや将軍家から病気見舞いのお使いがやってきた。

御小納戸頭取

田沢兵庫頭

三月七日　御使者

其方儀容体如何有之猶亦《なおまた》為御尋

一、氷砂糖　一壺《つぼ》

一、鮮鯛《せんちょう》　一折

右以御使者被下候事

今度は人蔘ではなくて氷砂糖と鯛《たい》である。どんな謎《なぞ》かはわからないが、どうやら将軍家も、井伊家の困る様子を面白がっていたとしか思えない。口の悪い江戸の町民たちは当然、氷砂糖を材料にして落首を流行させた筈であるが、こっちの方は伝わっていないらしくて不明である。

さらに数日が経過した。

井伊家が江戸中の笑いものになっているので権内はまたいらいらしはじめ、半吉を呼んでその後の様子を聞いた。「どうした。首奪還の作戦は、まだ立たんのか」

「立ちました」腰をさすりながら半吉は答えた。「今、若い連中を集め、作戦の実行に必要な肉体訓練をやらせておりますが、どうも呑《の》みこみが悪くて苦労します」

「どのような作戦だ」

「遠藤家から首を盗み出すこと自体は、さほど難かしいことではございません。それはまあ敵も四六時中見張りはしておりましょうが、時には油断もします、隙《すき》も出ます。こっちはそこを狙《ねら》えばいいわけですから、敵の意表をつく策略と忍耐力さえあればよろしいので、この役は、この半吉が自分でやります」

「うむ」

「問題は首を、遠藤家からここまでどうやって奪い返されずに持ち帰るかです。盗まれたと知れば、敵はけんめいにわたしを追うでしょう。遠藤邸から逃げ出すことはできても、わたしのこのよぼよぼした足では、とてもここまで逃げ切れますまい。そこで、逃走経路にあたる辻辻《つじつじ》に、若い連中を配置しておくのです」

「若い連中に殿の首級をまかせるのか」権内は苦い顔をした。「大丈夫かな。敵の忍者に奪い返されるのではないか」

「そこから先が作戦の必要なところです。申しあげるよりも、若い連中の肉体訓練をお目にかけて説明した方がわかりやすいと思います。ちょっと裏庭までお越しください」

あいかわらず腰をさすり、びっこをひきながら歩きはじめた半吉について権内が裏庭に出てみると、やや広い場所で数人の若者たちが、楕円《だえん》形の革製ボールをやりとりしながら駈《か》けまわっている。

「何が肉体訓練だ」権内が大声で詰《なじ》った。「お家の一大事を前に、のんびり蹴鞠《けまり》をして遊んでいるなどとはもってのほか」

「蹴鞠ではありません」と、半吉がいった。「それはもちろん、このゲームのもとはといえば蹴鞠、すなわちフットボールだったのですが、文政六年、英国においてこのフットボールの試合が行われた時、ラグビー校のウィリアム・ウェッブ・エリスなる学生が、相手のキックを受けてそのまま走り出したことがきっかけで、このラグビーなるものが生れたのです。これは単なる蹴鞠ではなく、手でボールを持って走ってもよいわけです。つまり前進の際はキック、ドリブルをし、パスする場合は自分より後方の者に投げあたえるのです。相手の意表をつく方法として、いざ首が奪いあいになった場合、これほど効果的なものはございません」

「そういえばあのボールの恰好《かっこう》は、首に似とるな」権内は主君の首がボールとして扱われることにいささか抵抗を感じたが、多少の損傷もしかたがないというほど事態は切羽《せっぱ》詰っているわけだから、我慢するほかなかった。

「しかしお前は、こういうゲームをどこで教わったのだ」

「安政元年、英国の東印度艦隊がスターリングに率いられて長崎に参りました時、わたしは長野主膳様のご命令で様子を探りに行ってまいりました。その際、旗艦ウインチェスター号の乗組員と知りあいになり、このラグビーを教わったのです」

ボールを抱いて走っていた若者が、後方から追いすがってきたもうひとりの若者にタックルされ、首を抱いたまま俯伏《うつぶ》せに倒れた。

権内は悲鳴をあげた。「あっ、あのようなことがあったのでは、殿の首がぺしゃんこになってしまう」

「タックルされる前に首をパスできるよう、猛練習させせます」と、半吉はいった。

「いったい、あと何日練習する気だ」権内は指を握りしめたり開いたりして練習の様子を眺めながら尋ねた。「もう、残り時間は僅《わず》かなのだぞ」

「はい、あと五日のご猶予《ゆうよ》を」半吉はそう答えて頭をさげた。

だが、その五日はまたたく間に過ぎてしまった。

「こら」と、権内は半吉にいった。「もう五日経《た》ったではないか。何をぐずぐずしているんだ」

「練習不足でございまして」半吉は庭の土に額をこすりつけた。「何とぞ、何とぞあと二日のご猶予を」

権内はしかたなく、また将軍家にいいわけの書状を提出した。

「掃部頭頭痛所追々及全快候得共《さうらへども》持病の症積度々差引有之《これあり》其上疼痛《とうつう》にて薬食も不《あひ》相進《すすまず》手足血冷次第に虚診に有之急変の儀計《ばかり》容体の趣竹内玄道様被申付《まうしつけられ》候、此段

一応申上候　以上

閏《うるう》三月廿日

井伊掃部頭内

大久保権内」

追追全快に及んでいる病人が、なぜ手足血冷次第に虚診に有之なのかさっぱりわからない。馴《な》れあいとはいいながら、こんな出たらめがよくまあ通用したものである。

さて、またもや二日が経過した。

3

その夜、鍛冶橋《かじばし》門と馬場先門を結ぶ道路と大名小路が交わっている四つ辻に、黒装束の人影が走った。小脇《こわき》に黒い風呂敷《ふろしき》でくるんだ井伊大老の首を持ち、井伊家お庭番工藤半吉である。彼はそのまま大名小路を突っ走り、松平因幡守《いなばのかみ》邸の塀《へい》にそって駈け続け、松平阿波守邸前で右へ折れた。

行手の道路の両側に、数人の気配があった。暗闇《くらやみ》の中の黒装束が動いた。

「ん」半吉は身を伏せた。「味方ではなさそうだな」

遠藤家お庭番、笠原重夫とその一党の待ち伏せに違いなかった。左右の塀の陰に眼を走らせて敵の人数を推測し、とてもその中を突破することはできぬと悟った半吉は、首を両手で眼の高さにあげ、手から落して強くキックした。

ハイ・パントがみごとにきまった。抛物線《ほうぶつせん》を描いて首が夜空をとんだ。

道路の中央、首の落下地点めがけて敵方の忍者が塀の陰から走り出た。

その時、左手の、松平右京亮《うきょうのすけ》邸の塀の上、見越しの松の枝から黒い人影が首めがけて星空の下に身をおどらせた。いうまでもなくこれは半吉チームのひとりであって、首をとろうと道路の中央へ出てきた敵忍者の頭上で味方のボールをキャッチし、向い側の塀の上にとび移るという戦法なのである。

だが、この作戦は失敗した。

塀から塀へとび移る途中で首をキャッチしようとした半吉チームのハイ・フランカーは、首を包んだ風呂敷の結び目をつかまなかった。彼の手には風呂敷だけが残った。首は風呂敷から抜け出て、路上に待ち受ける敵方忍者の手に落ちた。敵忍者はそのまま、むき出しの首を小脇にかかえて左前方へラッシュしようとした。

右側の天水桶《てんすいおけ》の陰から半吉チームのスタンド・オフが駈け出て、タックルした。タックルされた敵忍者は前へ倒れた。だがその時その男の手には、すでに首はなかった。首はいつのまにか、その男の後方をフォロー・アップして駈けていたさらにもうひとりの敵忍者の手に渡っていたのである。首を受けとった男は、すぐさま右前方へ駈けはじめた。

「シーザース・パスだ」半吉は眼を丸くし、唖然《あぜん》としながら胸の中でつぶやいた。

「わきの下から、うしろへ投げやがった」

彼は右手へ走りながら大声で叫んだ。「気をつけろ。敵もフグビーを知っているぞ」

半吉の頭上、こんどは松平因幡守邸の塀の上から半吉チームのウイングがとびおりて、首を抱いて走る敵忍者の前に立ちふさがった。同時に半吉チームのセンターが敵忍者に追いすがった。

敵忍者はくるりと後方へ身をひねり、仲間へパスする体勢をとりながらも最後の瞬間に首を手から離さず、半吉チームのセンターをまごつかせてから、タックルを避けて身をひねり、左手へ走った。巧妙なダミーだった。

半吉は唸《うな》った。「あんなドッジングは、十日やそこいらの練習ではできない筈《はず》だぞ」

その男がダイビング・パスをする寸前、半吉チームのウイングがやっとタックルした。

首は土井大炊頭《おおいのかみ》邸の、塀の下にころがった。

ピック・アップしようとして駈けつけた半吉チームと敵チームの忍者たちが激しくぶつかりあい、そこへ敵味方がさらに駈け寄って十人以上のラックとなった。それは塀の下でちょうどスクラムを組む形となり、スクラム内の首を全員が足のかかとでうしろへ蹴り出そうとした。

いかに冬とはいえ生首のことだから、十日以上も経てば腐りかけているのが当然である。猛烈なヒール・アウトのため、首の表皮がずるずると破れた。

赤剝《む》けの首が、半吉の方へころがり出してきた。半吉チームのスクラム・ハーフがピック・アップして後方へパスした。キャッチした逆サイドのウイングが猛然とダッシュした。

だが、ずるずるに剝けて、すべりやすくなっている首は、彼の脇の下からすり抜けてまた地上にころがった。

ころがった首を敵チームのFWがキックした。首が宙を舞った。塀を越して今しも土井大炊頭邸内に入ろうとした時、塀の上にあらわれた敵チームのフランカーがキャッチし、半吉の前にいる敵プロップにパスした。

「スロー・フォワードだ」と半吉は叫んだ。「反則だぞ」

フル・バックを守る半吉の前に立った敵プロップがいった。「反則はもとより承知だ」

「笠原重夫だな」半吉は黒覆面の中に光る相手の眼をのぞきこんだ。「いつの間にラグビーを練習しやがった」

「練習なんかしない」と、重大が答えた。「イギリス人チームを雇ったのだ」

「道理で、お前の方はみんな背が高いと思った」半吉はそういってから、急にかぶりを振った。「嘘《うそ》だ。イギリス人チームはまだ一度も来日していないぞ」

「ところが、来日しているんだ」重夫の眼が笑った。

言いあっているふたりの周囲に、殺気をはらんだ両チームの全員が集まってきた。

「故意に時間を空費している」半吉が躍起となって大声を出した。「反則だ。ペナルティ・キックだぞ」

「そっちだって、余計な質問をして時間を空費させた」重夫がいった。「スクラムを組もう」

「よろしい」

地上に置かれた首の前後に敵味方がスクラムを組み、またもや激しい押しあいが演じられ、首はもはや単なる肉塊にしか過ぎなくなってしまった。スクラムからヒール・アウトされた首が、半吉チームの手に入った。次つぎとパスされた首は最後にセンターによってパントされた。

塀の上で身がまえている敵プロップが、宙をとぶ首にとびつこうとして松の枝にながい足をひっかけ、天水桶にとびこんだ。

「なるほど。やはり外人らしいな」と、半吉は思った。

首は川岸に出て一度バウンドし、濠《ほり》にとびこんだ。

首を追って、敵味方の忍者たちが次つぎと濠にとびこみ、水中で首の奪いあいになった。

半吉は濠沿いに川岸を南へ走った。「ええい、しまったしまった。こうと知っていたらウォーター・ポロの練習もさせておくんだった」

半吉と並んで駈けながら、重夫が笑った。「今は一八六〇年だ。ウォーター・ポロはまだ、ない」

水球と違って首が沈むため、全員が潜水して暗い水面から姿を消してしまうこともあった。時おり水面にはげしく水しぶきがあがることもあり、たいていはそこから首がいずれかの方向へ抛《ほう》り投げられた。

水中では、半吉チームがやや優勢のようだった。濠の中の争奪戦が次第に南へと移動していたからである。

濠が西へ折れる地点に立ち、半吉は味方からのパスを待ち受けた。

ばしゃっ、と、白く水しぶきがあがり、半吉の頭上へ首がとんできた。

半吉はとびあがり、受けとろうとした。

その半吉の腰へ、重夫がタックルした。

半吉と重夫は、折り重なって倒れた。

重夫に組み伏せられたまま半吉が首の行方を眼で追うと、首は今しも、本多中《なか》務大輔《つかさたいふ》邸の塀に勢いよく叩《たた》きつけられたところであった。

半吉と重夫は、互いに相手を押さえつけながら、自分の方が先に起きあがろうとしてはげしく争った。

もはや眼鼻のありかもさだかでない、赤剝けのその首が、半吉の眼の前の路上に落ちてきて、ぐしゃりと潰《つぶ》れた瞬間、半吉には首が、にたにたと笑ったように見えた。首が、このから騒ぎを笑っているのだ。半吉は確信を持ってそう思った。

蛇足《だそく》その一　一九四八年五月二十四日、ロンドンからローマへ向けて飛び立った旅客機が、パリ郊外の上空で突然行方をくらました。この旅客機には、ローマへ遠征試合に行くケンブリッジ大学ラグビー部第二軍チームのメンバーその他五十人余が乗っていた。早速、連絡のとぎれた地点に捜査隊が派遣されたが、遭難の痕跡《こんせき》はどこにも発見されなかった。

これは今でも航空史上に残る謎《なぞ》の消失事件とされ、機は、空間に点在するエア・ポケットのような、時間空間を超越した一種の亜空間に突入したのではないかといわれている。　（『世界の怪奇現象』より）

蛇足その二　その後、やっと首を手に入れた井伊家では、藩医岡島玄達に命じてこれを遺骸《いがい》に糸で縫いつけさせ、どうにかこうにか納棺を済ませたということである。

蛇足その三　桜田門の変から五年後の元治二年、横浜に山手屠牛《とぎゅう》場ができ、一般人も大っぴらに牛肉を食べはじめた。

蛇足その四　日本で最初の対抗ラグビー試合は明治四十四年慶応第二軍と三高の間で行われた。この時のチームのメンバー中に、慶応には笠原成一郎、三高には工藤半衛門の名が見える。しかしこの二人がそれぞれ笠原重夫、工藤半吉に縁のある者たちかどうかは、まったく不明である。

（「小説サンデー毎日」昭和四十六年十二月号）

センス以前への飛翔《ひしょう》

大岡 玲

朝目が覚める。あなたが学生ならば学校へ、会社員ならば会社に行こうとして家を出る。いつもと変わりないはずの道を歩いて、最寄りの駅に向かおうとする。玄関を出たとたん、道を掃除している隣家の老婦人と顔を合わせる。これまたいつものように、「おはようございます」と明るく挨拶《あいさつ》をしようとして、あなたは凍りつく。ないしは、ぎゃっと叫ぶ。

彼女は、なぜか巨大なオオタニワタリみたいな植物形態になっていて、ユラユラ揺れる何十本もの〝腕〟をホウキ代わりに使い、走り回る朝鮮人参《にんじん》を片づけようとおろしているのだ。そして、あなたの姿を見ると――からだのどの部分で見ているのかわからないが――、ががおもわごわ、などと〝挨拶〟する。気が変になってしまったのか、はたまた夢かとなかばパニックになりつつも、あなたはそのまま学校ないしは会社への道を果敢にたどりはじめる。

が、アスファルトの道は突然水飴《みずあめ》のように柔らかくなってぬかるみ、足をとられてよろけた瞬間に固い状態に逆もどり。靴を犠牲にして、やっと足を抜いてホッと空を見上げれば、そこは紫やら赤やら黄色やらに刻々と変化する虹空《にじぞら》だ。

こうなったらどうあっても学校または会社に行き着いてやる、と覚悟を決めてふたたびあなたは歩きだす。すると、駅までの道すがら、黄色の完全防護服に身を固めた特殊部隊が、落ちている吸殻を火炎放射器で処理しているところに遭遇し、あやうく焼き殺されかける。

昨日までは小学校だった場所が、体高五十メートルほどのピンクの象になっていて、しかもその象は皿型のＵＦＯで皿回しに興じている。小川は逆流し、鱗《うろこ》も完備したヒレつきのデスクトップパソコンがしゃかりきになって、流れにさからって下流に進もうとしている。

駅の改札はとろろ汁で、定期券はベタベタ。やってきた電車は、これまたねばねばの巨大ナメクジで、時速百三十メートルである。遅刻はまぬがれない。ようやく会社に到着したが、翌日の正午。あなたは、原子の霧になってかろうじて人の輪郭を保っている上司から、亜光速の言葉で叱責《しっせき》され、からだの一部を損傷する、または、学校が根こそぎどこかへ移転してしまって行方がしれない。

ケガを治してもらうために行った病院で、頼んでもいないのに内臓の転移手術——全部の臓器の位置を面白半分に変えてしまう手術——をされたり、あるいは学校の姿をもとめて砂漠を放浪したりして、あなたは一日なのかどうかわからない猛スピードで変化する空のもと、終〝日〟不快な気持ちで過ごす。体調も悪い。

ようやく一〝日〟が終わったような気がして、ナメクジ電車に乗って帰宅しようとすると、電車は阿波踊《あわおど》りになっている。踊り手は、ムカデとかゾウリムシなどで、しかたなくみずからの少ない手をせいぜい多く見せかけて踊る。踊りながら、自分はまだ自分なのだろうか、なんて問いに悩み、それから疲れがたたって寝てしまう。

ハッと目が覚めると、あたりは〝当たり前〟の車内。ごく普通の人間がごく普通に坐《すわ》ったり立ったり雑誌を読んだりだらしなく居眠りをしたりしている。ああ、やっぱり夢だったんだ、オレは救われた、でも、今日のアレはいったいなんだったんだ？

オレは普通に一日を過ごしたんだろうか？

しかし、とにかく今が普通なんだからいいや、とあなたは思い、一瞬おいてゾッとする。なぜか、メチャクチャだった世界の方がはるかに面白かったような、鈍くて分厚い表皮をはぎとったあとの〝本当〟があったような、残酷にいたぶりいたぶられる快感を存分に刺激してくれたような、そんな気がしたからだ。

そして、これが、たぶん、筒井康隆の小説を読むということなのである。少なくとも、私にとってはそうだ。

筒井氏、って書くとなんだかしっくりこないな、筒井さんの想像力・創造力は、いつも過激だ。緻密《ちみつ》に計算されているのに、暴走している。ドタバタでナンセンスなのに、気味が悪いほど現実的だ。いや、表現を間違った。ドタバタでナンセンスであるからこそ、リアリティがある。

ルイス・キャロルの『不思議の国のアリス』を例に引くまでもなく、ナンセンスというのは文学における最大の武器のひとつだ。私たちの世界は、言葉によって意味づけられることで機能する。ビルはビルだし、会社は会社で、さらにそこにさまざまな部分的意味をくっつける。社長がヒラ社員でないのは自明のことだし、そもそうした意味づけ構造を否定したら、社会は混乱してしまう。

しかし、同時に、意味で充満している人間社会が、意味づけだけを根拠にして成立しているというのもまた、事実だ。

言いかえれば、会社は会社と決められたから会社なのであり、お金はそれ自体に価値があり、さまざまなものと交換可能だと意味づけられているから、稼ぐにあたいする。もしも、ある日、そんな紙切れで大根なんか売れるかよ、と全世界の八百屋に拒絶されてしまったら、いくら札束を持っていたってしかたないのである。

そんなバカな話、あるわけがない、と思う人がいるかもしれない。だが、かつて戦時中日本軍が中国大陸で発行して使っていた軍の紙幣（軍票）は、日本の敗戦と同時にクズになったし、国家が保証する通貨にしても、第一次大戦後のドイツでは、あまりの超インフレで紙屑《かみくず》同然になった。コンビニ弁当買うのに、一億円払うという世界。そう遠くない過去にだって、レストランで食事をしているうちに、インフレで料理の値段が変わってしまったブラジルの例もある。

ナンセンスは、センスの反対語というだけではない。センス以前にもどす、という行為なのだ。だから、この世の仕組み、根拠を根底から問いなおす時、強力な道具になるのである。しかも、ナンセンスは楽しい。ただ単に笑えるだけでなく、怖がったり、自分の内部にひそむ残酷な性的欲望に気づかされたり、何気なく見過ごしてきた事柄が怪物へと変貌《へんぼう》していく様子をつぶさに観察できたりする。

今から三十年近く以前、私が高校生だった頃から、熱狂して読みつづけてきた筒井作品が、あらためて自選の形で出版されるのは、だから、とてもうれしい。説教くさいオヤジであるのは百も承知の上で、若い世代、とりわけ十代の若者にぜひ読んでもらいたい。こういう毒は、いつになっても消えない効果があると思うからだ。

恐ろしいことに、私たちが住んでいる世界はますます筒井ワールドに接近している。というか、筒井さんの作品群の累積効果によって、世界がいよいよ裸の本体を見せはじめたのかもしれない。

本書に収録されている「問題外科」を、サディスティックな、ありそうだがありえないおとぎ噺《ばなし》と思って、うふうふ気味悪く笑って読んでいた時代は、よかった。いまでは、うっかり病気をしたりケガをしたりして病院に担《かつ》ぎこまれると、人工心肺もつけずに心臓手術をされたり、とんでもない毒を点滴されたり、臓器移植カードを持っているだけで満足に治療してもらえなかったりする。

というより、もともと医学とはそんなものなのだ、という事実があらわになってきた、と言った方が正確なのかもしれない。筒井さんは、それが日常化するはるか以前に、事態を見抜き作品化していたのである。大学病院の医者は、決して大学病院に身内を入院させないし、パイロットは飛行機に乗るのをあまり好まない、というのが私たちの現実なのだ。

そう考えてあらためて本書を眺めると、私たちを取り巻いている〝普通〟が、みるみるうちに異常へと変わっていく。

痩《や》せたい一心で飲んだ〝中国秘薬〟で、肝不全になってしまった人たち。頭が良くなるからと、ココアの粉を頰張《ほおば》ったり、マグロの目玉の裏側にかぶりついたり、アルファ波ミュージックでストレスを取り去ろうとしたりする行為と、グロテスクな昆虫を背負って天才になろうとする人々との間に、どの程度の違いがあるだろうか。

ただし、筒井さんの作品を、こうした理屈で取り囲んでしまうのも、実はよくない。それこそ、「ヤマザキ」の最後で秀吉が言うセリフ、「そちはきっと、この『説明』を求めておるのであろう。（中略）だが、よく聞け。あいにく『説明』はないのじゃ。」なのだから。

つまり、筒井ワールドにとって重要なのは、風刺だけではない。むしろ、現実世界のグロテスクなカリカチュアは、物語を発進させるための発射台であったり、あるいはナンセンスが暴走した結果、副産物として出現するケースの方が多いのだ。

ならば、筒井さんがナンセンスによって獲得しようとしているものは、何なのか。たぶんそれは、人間の宿命、人間を人間たらしめている根本である言語を、どこまで酷使できるかというデータなのだ。言語という素材によってしか表現できない想像力の、その限界値を獲得しようと試みているのではないか。

したがって、私たちが筒井作品を前にした時に行うべき、最適の行動は何かと言うと、混乱と滑稽《こっけい》と悲惨に満ちた、この地球。その姿を右に置き、それから左側には残酷なまでに自由なナンセンスの飛翔《ひしょう》を置く。そして、そのちょうど真ん中に居心地悪く座を占めつつ、精神をできる限り開いた状態に保つこと、ではないかという気がする。

もちろん、筒井さんが指摘している危険から身を守ることも大切だ。現に昨日も、仕事場でパイプ煙草《たばこ》を吸っていたら、向かいのマンションの屋上から狙撃《そげき》された。あきらかに、全米禁煙協会の東京支部が雇った殺し屋の仕業だ。チラリと見えた狙撃者は、八月の暑さにもかかわらずサンタクロースの扮装《ふんそう》をしていた。今後も狙《ねら》われる可能性があるので、仕事場の窓を防弾ガラスにするか、禁煙ガムを買うか思案中である。

（平成十四年九月、作家）

「ヤマザキ」「万延元年のラグビー」　河出書房新社刊『将軍が目醒めた時』（昭和四十七年九月）、新潮文庫『将軍が目醒めた時』（昭和五十一年十二月）に収録

「老境のターザン」「喪失の日」「平行世界」　新潮社刊『メタモルフォセス群島』（昭和五十一年二月）、新潮文庫『メタモルフォセス群島』（昭和五十六年五月）に収録

「急流」「こぶ天才」「問題外科」　新潮社刊『宇宙衛生博覧會』（昭和五十四年十月）、新潮文庫『宇宙衛生博覧會』（昭和五十七年八月）に収録

「最後の喫煙者」　新潮社刊『夜のコント・冬のコント』（平成二年四月）、新潮文庫『夜のコント・冬のコント』（平成六年十一月）に収録